とんでろじいちゃん

山中　恒・作
そがまい・絵

童話館出版

子どもの文学●青い海シリーズ・29

もくじ

1 へんてこなアルバイト……5
2 通信簿を丸めてポイ……17
3 目の前はバス通りだが……29
4 三島屋の多吉に出会う……41
5 マサフミはおれのパパ……53

6　おれは暑気当たりなのか……65
7　タマムシもあやしいぞ……76
8　長恵寺の娘　小林ミカリ……87
9　長恵寺へは空を飛んで……100
10　やったのは三島屋多吉……113
11　鍵は御本尊さまの小指……125

1　へんてこなアルバイト

おれのクラスには、おれのほかに「ユウタ」が二人いる。

長谷川雄太《はせがわゆうた》……、すげえがんばりやで、勉強ができて、テストなんかまっさきにできちゃう。だからみんな、「ユウタ」じゃなくて、「デキタ」と呼《よ》んでいる。

次が川原勇太《かわはらゆうた》……。すばしっこくて、調子《ちょうし》がいい。勉強は「デキタ」にくらべたらイマイチだけど、クラスの人気者だ。みんなに「チョロタ」と呼《よ》ばれて、先生にも、けっこうかわいがられているんだよな。

最後がこのおれで、大井由太《おおいゆうた》。みんなして、おれのことは、「ボケタ」と呼《よ》んでる。

どうして……なんて聞かないでくれよ。おれってどうしても、いつも「どうしてかなぁ?」と考えるくせがあって、考えていると、みんなにぼーっとしてるって、言われちゃうんだよな。

先生が、

「きみは、赤信号で交差点《こうさてん》へ出ちゃって、『どうしてかなぁ』って考えてるうちに、車にひかれて、『どうして痛《いた》いのかなぁ』と考えてるうちに死んじゃって、それでもまだ、『どうして死んだのかなぁ』って考えてるにちがいないわね」

って言うんだよ。どうしてかなぁ?

だけど、そのおれが、夏休みのときに田舎《いなか》へ行って、へんてこなアルバイトをすることになったんだよな。

☆

夜中、おしっこしに起きたら、パパとママが、ひそひそおしゃべりしていて、や

たらに「ボケタ、ボケタ」と言うから、おれのことかと思って、思わず、

「なんか用かい？」って、聞いたんだ。

「おまえのことじゃない」

パパは、そう言いながら、おれの顔をじーっと見てから、ママに言ったんだ。

「そうだ！　ここは、ひとつユウタに、手を貸《か》してもらおうじゃないか」

「そうね。エリカは中学受験《じゅけん》だし、あたしも、今の仕事を休んだら、もう当分《とうぶん》仕事は見つからないと思うのよ。この際《さい》ユウタに、わが家《や》を代表して行ってもらうしかないわね」

ママもそう言いながら、おれの顔を見て、にっこりした。

「……それがいいわ。おじいちゃんがぼけてきたから、ユウタを見張《みは》りにつけるなんて言ったら、角《かど》が立つけど、『せっかくの夏休みですから、ユウタをおじいちゃんにあずけますので、きたえてやってください』って言ったら、おじいちゃ

んだって悪い気はしないんじゃないかしら……。ねえ、そうしましょう!」

「うん。それがいい。そうしよう」

パパとママが勝手《かって》に、おれのことをなにか決めちゃっているらしい。

「ちょちょちょっと……。そうしましょうって、どういうこと?」

おれが聞くと、ママが言った。

「今、言ったとおりよ。わが家では、のんびり、ぼうーっとしていられるのは、ユウタしかいないわけよ」

言われてみると、確《たし》かにそのとおりだった。パパもママも働いているし、ねえちゃんのエリカは、この夏休みは必死《ひっし》で受験勉強《じゅけんべんきょう》の追《お》いこみをしなくちゃ、私立《しりつ》の中学へ行けないって言ってた。

「だから、ユウタが夏休み中、おじいちゃんのところへ行って、おじいちゃんが変《へん》なことをしないように、見張《みは》っててもらおうというわけ」

「なんだって？　あのおじいちゃんが、変《へん》なことをするわけ？」

「うん、まぁな……」

パパが、困《こま》ったように言った。

おじいちゃんというのは、パパのお父さんだ。うちじゃ、みんなして気楽《きらく》に「おじいちゃん」なんて言っちゃってるけど、ほんとは「おじいさま」と呼《よ》ばなくちゃいけないんじゃないかと思うくらいの、立派《りっぱ》なおじいちゃんなんだよな。

おじいちゃんて、ふだんから気むずかしくて、笑った顔なんか、一度も見せたことがない。いつでも背中をピッと伸《の》ばして、きちんと正座《せいざ》して、真っ白い眉毛《まゆげ》の奥《おく》から、こわいような目つきで、きーっと見てるんだ。

パパだって、ママだって、おじいちゃんの前へ行くとビビっちゃって、なんにも言えなくなっちゃうんだから……。

それに、おじいちゃんは、ママのことは好きじゃないらしく、ママとはろくに話もしない。

そのおじいちゃんが、変《へん》なことをするって言うんだ。

「……おばあちゃんの電話だと、いきなり、よその家へあがりこんで、仏《ほとけ》さんのお供《そな》え物《もの》なんかバクバク食《く》っちゃったんだとさ」

「ひゃー！」

「おとといなんかは、どこかの家のお葬式《そうしき》に行って、いきなり『では、みなさん、元気にラジオ体操《たいそう》いたしましょう！』なんて言って、号令《ごうれい》をかけはじめちゃったんだって」

ママも真剣《しんけん》な顔をして言うんだよ。

だけど、おれ、信《しん》じられなかったよ。

「ほんとかなぁ？」

「だから、おまえが行って、ずーっとおじいちゃんについていて、確《たし》かめてもらいたいんだよ」

おれ、考えちゃったよ。

ほんとのこと言って、おれだって、おじいちゃんは苦手《にがて》なんだ。

でも、悪いけど、あのおっかないような、立派《りっぱ》なおじいちゃんがぼけたら、どうなっちゃうのか、ちょっとおもしろいみたいな気にもなった。

「そりゃ、ユウタ、あんただって、せっかくの夏休みをおじいちゃんにつきあうんだから、そのぶんはちゃんと、アルバイト料《りょう》を払《はら》ってあげるわよ」

ママもそう言うし、となりで話を聞いていたらしいねえちゃんも、ごそごそはいだしてきて、

「おねがい！　ユウタ、恩《おん》にきるからさ。もう、あんたに口やかましいことを言わないからさ」

なんて言って、拝《おが》むんだよ。

こんなことなんか、めったにあることじゃないから、おれも、「まぁ、いいかぁ」と思って、ひきうけちゃったんだよ。

☆

おじいちゃんは、となりの県の中《ちゅう》くらいの大きさの町に住んでいる。私電《しでん》の急《きゅう》行《こう》に乗って、二時間ばかり行ったところだ。

パパが子どものころは、ずいぶん、田舎《いなか》っぽい町だったらしいけど、今は、けっこうにぎやかな町になっている。

はじめ、パパが車で送ってくれることになっていたんだけど、おじいちゃんが、

「男の子は、あまやかしちゃいけない。ひとりで電車でこさせろ」

って言うんで、おれはひとりで電車に乗って行った。

なんかよくわからないけど、おじいちゃんは、おれが行くと言ったら、はりきっちゃってると言うんだよ。

「夏休みがすんだら、色の黒い、たくましい男の子にして、帰してやるからな」

って、めずらしくママに、電話でそう言ったと言うんだよ。

おれ、また考えちゃったなぁ。

――もしかして、おじいちゃんがぼけたというのは、うそなんじゃないかなぁ。

そうやって、おれをだましておいて、むりやりおじいちゃんに頼《たの》んで、おれを勉強させちゃおうっていうんじゃないだろうな――

駅におりたら、改札口《かいさつぐち》のところに、おばあちゃんが待《ま》っていた。

「ユウタ、暑いのにご苦労《くろう》さんだね。この埋《う》め合《あ》わせは、ちゃんとしてあげるからね」

そう言うと、おばあちゃんは、おれを駅前の喫茶店《きっさてん》に連《つ》れて行った。

おれにアイスクリームをとってくれて、おばあちゃんは、おれの顔をじーっと見た。

「あのね、パパやママから聞いたと思うけど……。おじいちゃんがね、ときどき変《へん》なことをするのよ。さっきもね、あんたを迎《むか》えに行こうとしたら、あたしに言うのよ。『おまえがおれを信《しん》じさえしたら、いっしょに空を飛べるのになぁ』って。それも、おっそろしくまじめな顔をして言うんだから、困《こま》っちゃうよね」

「へえー。どうやって空を飛ぶのかなぁ？」

「ツバメみたいに、すいすい飛ぶんだってさ」

おばあちゃんは、笑いながら、ばかにしたように言った。

「ツバメみたいにかぁ……」

「そうだよ。まぁ、言ってるだけなら心配ないんだけどね、本当に空なんか飛ばれたら、ことだからねぇ」

「ええっ？　本当に空を飛ぶの？」

「飛べるわけないでしょ」

そう言って、おばあちゃんは笑った。

そのとき、おれは、もしツバメのように空を飛べたら、どんなにいいだろうなと思って、窓の外を見た。

その窓の上のほうをなにかが、すーっと横切《よこぎ》った。ツバメにしちゃ、でかいなと思った。と、また、それが、すーっと戻《もど》って来て、おれを見た。おじいちゃんだった！

おれは、飛び上がった。

2　通信簿《つうしんぼ》を丸めてポイ

「ゲハーッ！」と言ったか、「ギャァ！」と言ったか、そこんとこはよくは覚《おぼ》えていないけど、おれは変《へん》な声を出して、飛び上がったらしい。

そりゃそうだよ。だれだっておじいちゃんが空を飛んでるのなんか見たら、飛び上がるよな。

「どうかしたのかい？」

おばあちゃんが、不思議《ふしぎ》そうに、おれの顔を見た。

おれは、「たった今、おじいちゃんが、空を飛んでたよ」と言おうと思ったけど、やめにした。

そんなことを言ったら、おばあちゃんは、おれにまで、おじいちゃんのぼけがうつったと思うかもしれないものな。

ただでさえ、おばあちゃんは、おじいちゃんがぼけたと困《こま》っている。そのうえに小学校三年の孫《まご》までぼけた……なんていったら、おばあちゃんは、びっくりして目をまわしてしまうかもしれない。

おれは、用心深く、そっと窓のほうを見た。窓からは、駅前広場で、かんかん照《で》りの暑さに顔をしかめながら、バスを待《ま》っている人たちの行列《ぎょうれつ》が見えていた。

でも、飛んでいるものは、なにひとつ見えなかった。

――そうか、やっぱり気のせいだったんだな。そりゃそうだよ。おじいちゃんがツバメみたいに、すいすい空を飛べちゃったりしたら、テレビに紹介《しょうかい》されて、たちまち人気者になっちゃうよな。――

おれはそう思って、もう窓を見るのはやめにした。

「それでね、ユウタ。おじいちゃんは、あんたを夏休み中《じゅう》あずかって、勉強をみてやったり、プールへ泳ぎに連《つ》れて行くんだって、はりきっているの。だから、あんたもそのつもりで、『はい、はい』って言って、決して、おじいちゃんにさからうんじゃないよ」

「うん。わかってるよ」

「それから、あんまり用心深く、じろじろ見たりしないこと。おじいちゃんは、あたしのことも、『おまえは、わしのことをボケジイだと思って、じろじろ見ておるだろう。わしのどこがボケジイか、言ってみろ！』って怒鳴《どな》るのよ。見られるのを、とってもいやがっているみたいだからね」

「うん。わかったよ」

「とにかく、ユウタの前なら、いつものおじいちゃんみたいに、しゃんとしていると思うから、なるべく、おじいちゃんのそばから離《はな》れないように、ついていてほしいの」

「うん。わかったよ」

それから、おれたちは駅前からタクシーに乗った。

☆

おじいちゃんたちの家は、もとは、畑のど真ん中にあったらしい。だけど、もう、畑なんか、どこにもない。

建《た》ててから一〇〇年以上もたつという母屋《おもや》は、うちの近所のお寺より立派《りっぱ》なんだぜ。で、ときどきテレビ局やら映画会社なんかが、時代劇《じだいげき》をやるときに、貸《か》してほしいと頼《たの》みにくるんだけど、おじいちゃんは断《ことわ》っているそうだ。

おじいちゃんは、広間《ひろま》のわきの書院《しょいん》という小さな部屋で、まるで置物《おきもの》みたいにきちんと座って、おれを待《ま》っていた。

「こんにちは。お世話になります」

おれはママに言われたとおり、おじいちゃんの前にきちんと座って、両手をついてあいさつした。

おじいちゃんは、なんにも言わず、天狗《てんぐ》のお面みたいにきびしい顔で、じーっとおれを見て、ひゅーっと、鼻をならすみたいな息をした。

それっきりものも言わない。おれは間《ま》がもてなくなって、まわりを見た。と、いきなり、おじいちゃんが言った。

「通信簿《つうしんぼ》を見せろ」

おれは急いで、ナップザックから通信簿《つうしんぼ》を出して、おそるおそるおじいちゃんに渡《わた》した。

これも、出がけにママが、おじいちゃんがきっと見せろと言うからと、わざわざ入れてくれたんだ。

「気がきいたな」

ぬか花

「ママが持たせたんだよ」

おじいちゃんは返事のかわりに、おれをじろっと見た。ママが持たせたと言ったのが、気に入らなかったらしい。それから、ただでさえ細い目をよけいに細くして、通信簿《つうしんぼ》を見た。もちろん、自慢《じまん》じゃないけど、いい点数なんかない。

「ヒュー――」

おじいちゃんの鼻息《はないき》の音だった。おれは、この次は怒鳴《どな》られるだろうと思って、おっかなびっくり、おじいちゃんの顔ばかり見ていた。

「ヒュー――」

おじいちゃんはまた、ため息をつくみたいに鼻を鳴《な》らした。と思ったら、いきなり通信簿《つうしんぼ》を丸めた。そして、そのまま姿勢《しせい》をくずさず、おれの顔を見ながら、うしろへぽんと投げた。

「あっ！」

通信簿《つうしんぼ》は、うしろの壁《かべ》にあたって、下に置いてある漆塗《うるしぬ》りの立派《りっぱ》なくずかごへ、すぽんと入った。

おれは、思わず立ち上がり、くずかごのところへ飛んで行った。おれとしてはめずらしく、すばしこかったと思う。

「なにやってるんだ？」

「なにやってるんだって……、おじいちゃんは、たった今、ぼくの通信簿《つうしんぼ》をくずかごへ捨てたんだよ」

「なーに言ってんだ？　わしがいつ、そんなボケをやったか、言ってみぃ！」

「いつって……、たった今……」

「そんなことを言ってるから、学校で『ボケタ』なんて、あだなをつけられるんだ」

おじいちゃんは、おれの学校でのあだなまで知ってる。それでも、おれは、おじいちゃんの言うことなんか気にしないで、くずかごの中をのぞきこんだ。

「あれえ？」

くずかごの中には、新聞に入ってくる広告《こうこく》のチラシを丸めたのが入ってるきりだった。

おれがもとの場所へ戻《もど》ると、おじいちゃんが、だまって畳《たたみ》の上を指さした。そこには、おれの通信簿《つうしんぼ》がちゃーんとあった。

「おじいちゃん！　手品《てじな》をやったね？」

「わしは、そんなペテンくさいことはしない。おまえの思い違《ちが》いだ」

そのとき台所から、おばあちゃんが、皿《さら》にスイカを乗せてきた。

「よけいなことを言うんじゃないぞ！」

おじいちゃんは、低《ひく》い声で、そっと言った。おれは急いで通信簿《つうしんぼ》をしまった。

おじいちゃんは、気むずかしい顔でスイカを食べながら、おれにも「食《く》え」と言うように、あごをしゃくった。

もちろん、おれもスイカを食べた。

おばあちゃんは、にこにこしながら、おれたちのようすを見ていた。

「ばあさん、あんたはじゃまだから、あっちへ行け」

「へへへへ……」

おばあちゃんは、あやしい笑い方をしながら、部屋を出て行った。

「いやなババァだ。あいつは、わしがぼけて、なにか変《へん》なことをするのを待《ま》ってるんだ。変《へん》なことをしたら、笑ってやりましょうと待《ま》ちかまえているんだ」

「…………？」

「ついこのあいだも、わしが知らないよその家へ上がりこんで、仏《ほとけ》さんのお供《そな》え物《もの》を食《く》っとったと言うんだ」

「…………？」

「それぱっかりじゃないぞ。わしが長恵寺《ちょうけいじ》のよその葬式《そうしき》で、ラジオ体操《たいそう》の号令《ごうれい》をかけとったと言うんじゃ」

「………？」

「どうだ、ユウタ。このわしが、いいか、この大井賢司郎《おおいけんしろう》ともあろうものが、ドロボウネコのように、ひとさまの家の仏壇《ぶつだん》の供《そな》え物《もの》をバクバク食《く》うと思うか？」

「ふわー……」

おれは、なんとも返事のしようがなかった。

「ひとさまの葬式《そうしき》で、1、2、3、4と号令《ごうれい》をかけるほどの、ノーテンキと思うか？　言ってみぃ！」

「ふにゃにゃ……」

「ユウタ、この大井賢司郎《おおいけんしろう》が、ユウタの大事《だいじ》な通信簿《つうしんぼ》をくしゃくしゃに丸めて、うしろも見ずに、くずかごに捨ててたかどうか、言ってみぃ！」

「そ、そ、そんなこと、しなかったよ」

「そうだろう。ただ、したように見えただけだったろう？」

「うん」

「人には、見間違《みまちが》えとか、思い違《ちが》いというものがある。なにごとによらず、本当のことを知っておるのは、本人だけなんじゃ。いいか、軽々《かるがる》しく人のいうことを信用《しんよう》してはならんぞ」

「はい。……じゃあ、やっぱり、おじいちゃんは、あのとき、ツバメみたいに空を飛んでたんだね」

「ケケケケ……」

おじいちゃんは、笑ったわけじゃなかった。スイカにむせて咳《せ》きこんだのだ。

3　目の前はバス通りだが

おじいちゃんは真《ま》っ赤《か》になって、苦しがっていた。おれが、背中《せなか》でもさすろうかと思ったら、ひどく大きなくしゃみをして、鼻の穴《あな》からスイカの種をピョッと出して、ようやくおさまった。

——きったねぇなぁ……——と思ったけど、おれ、だまってた。

おじいちゃんは、ハンカチで鼻のあたりをしつこくふきながら、おれに言った。

「ユウタよ。おまえというやつは、ほんとに、どうしようもないやつじゃなぁ。三年生にもなって、人間とトリの区別《くべつ》もつかんのか」

「ホワッ？」

「ホワじゃないだろう。どうして、この羽《はね》もないわしが、空を飛べるんじゃ？」

「わかんない」

「そうだろう。そんなことは、わしにだってわからんよ。……そのくせ、『おじいちゃんがぼけたから、見張《みは》りにこい』とかなんとか、うんまいことを言われて、わしを見張《みは》りに来たつもりなんだろう」

「ハヘ？」

「それで、ババァに『おじいちゃんは、ユウタを夏休み中《じゅう》あずかって、勉強みてやったり、プールへ泳ぎに連《つ》れて行くんだって、はりきってる』なんて言われて……。どうだ、そのとおりだろう？」

「ヒャー！」

よくテレビの時代劇《じだいげき》なんかでいう、「なにもかもお見通し」っていうのは、こういうことをいうんだろうなと思った。おれには、とても、おじいちゃんがぼけてるとは思えなかった。

「それよりユウタよ、よーく考えてみろ。夏休み中《じゅう》、おまえはじゃまなんだよ。エリカは受験《じゅけん》の夏休み特訓塾《とっくんじゅく》へ行く。ママもパパも仕事だろ。ボケたのユウタをひとりで家においておいて、人間とトリの区別《くべつ》がつかなかったり、通信簿《つうしんぼ》を丸めて食《く》ったりしたら、大変なことになる。だから、そこのところを角《かど》が立たないように上手《じょうず》に言って、田舎《いなか》のジイチャンにあずけよう……と、まぁ、こういうことになったんだと思わなかったのか？」

「ハァ……。うん、もしかして、そうじゃないかと思ったこともあったけど……」

「おそいんだ。むやみに人を信用《しんよう》しちゃいけない」

「うん」

おじいちゃんは、すごく得意《とくい》そうに、鼻をピコピコさせていた。

「よかった。ぼく、おじいちゃんがぼけたって聞いて、心配してたんだよ」

「今はどうだ？」

「おじいちゃんのことを信《しん》じるよ。おじいちゃんは、ぼけていないって。おばあちゃんだって、おじいちゃんを信《しん》じたら、空飛べたのにね」

「ケホーッ！」

おじいちゃんは、またはげしく咳《せ》きこんだ。咳《せ》きこみながら言った。

「……あのクソババァ、よけいなことまで言いおって！　ユウタ、その話は忘れろ。いいか、あとで、メダカやドジョウをすくいに連《つ》れてってやるからな」

そう言うと、おじいちゃんは部屋から出て行った。

入れかわりに、おばあちゃんがスイカの皿をさげに来た。

おばあちゃんはおれの前に座って、おじいちゃんの咳《せき》の音が遠くなるのを聞いて言った。

「おじいちゃん、なんか、変《へん》なことを言わなかったかい？」

「べつに変《へん》なことは……。ただ『この大井賢司郎《おおいけんしろう》ともあろうものが、ドロボウネコのように、人さまの家の仏壇《ぶつだん》のお供《そな》え物《もの》をバクバク食《く》うと思うか？　人さまの葬式《そうしき》で、1、2、3、4と号令《ごうれい》をかけるほどのノーテンキと思うか？　言ってみぃ！』って、言ってたよ」

「ハハハハ……。『ノーテンキと思う』って言ってやりゃよかったのに。あのうそつきジジイが！」

おばあちゃんは顔はやさしく笑っているくせに、言うことは、めっちゃきつい。

「……おじいちゃんがなんと言おうと、動かぬ証拠《しょうこ》というものがあるのよね。お寺で告別式《こくべつしき》のようすをビデオにとっていた人がいてね、あたしはそれを見せられちゃったんだから……。はずかしかったよ。どう見たって、うちのおじいちゃんなんだもの。しかも、どアップでうつってるんだよ」

「ヒャー！」

おれは、どっちの話を信《しん》じていいのか、わからなくなってしまった。

「……仏壇《ぶつだん》のお供《そな》えの話だってね、たまたま、そこんちのそばで交通事故があって、近所のやじ馬が、そこへお茶を飲《の》みに集まったの。そこで、『おや、この人だぁれ？』ってことになって、中におじいちゃんのことを知ってる人がいて、電話してきてくれたのよ」

「ふーん。それで、おじいちゃんはなんて言ってるの？」

「そのとき、ちらっと三島屋多吉《みしまやたきち》とかいう人に、呼《よ》ばれたって言ったけどね。そんな名前の人なんか、そのあたりにはいないのよ。……まったく困《こま》ったものよね」

「ふーん」

「それで、勉強を教えてやるって、言ったかい？」

「勉強の話はしなかったけど、あとで、メダカやドジョウをすくいに連《つ》れてってやるって……」

「メダカやドジョウだって？　なーに言ってんだろうね。そんなもん、この近所にいるわけないのにねぇ」

そう言いながら、おばあちゃんは窓の外をじーっと見た。

「……そりゃぁ昔《むかし》はね……。あんたのパパが幼稚園《ようちえん》に行ってたころは、バス通りの向こうに小川があってね。でも、たしか、そのころすでに『昔《むかし》は、この川にメダカやフナやドジョウもいたんだけどね』って話だったような気がするよ。その小川でさえ、なくなっちゃったからねえ。メダカやドジョウなんて、かなり山のほうへ行かなくちゃ無理《むり》なんじゃないのかねえ」

そう言うと、おばあちゃんは、なにか思いついたように、おれの顔をじーっと見た。

「……かもしれないねぇ……」

おばあちゃんは、ため息をつくと、テーブルの上のスイカの皮や皿をお盆《ぼん》に乗せると、部屋を出て行った。

おれも気になったので、おばあちゃんのあとについて行った。

「ねえ、おばあちゃん。『かもしれない』って、どういうこと？」

「ああ、おじいちゃんは、もしかすると、ユウタをあんたのパパのマサフミと間《ま》違《ちが》えてるのかもしれないよ」

「…………？」

「いやぁ、もしかすると、一番上のハルチカと間《ま》違《ちが》えてるのかもしれないよ」

ハルチカというのは、パパより十以上も年上のお兄さんで、外国へ行ったきり帰ってこないおじさんのことだ。

「どうして、そう思うの？」

「だって、ハルチカの子どものころなら、その小川にメダカでもドジョウでもいたんだもの」

そのとき、居間《いま》のほうで電話が鳴《な》り、おばあちゃんが行って受話器《じゅわき》をとった。

おれが、土間《どま》のところでぼんやり外を見ていると、うらからまわったらしいおじいちゃんが、こっそりのぞいて、口に人さし指をあててから、今度は「来い来い」と言うように小さく手招《てまね》きした。

おれはそっと土間《どま》を出た。

おじいちゃんは、浴衣《ゆかた》に、下駄《げた》をつっかけていた。平《たい》らな缶詰《かんづめ》につばをつけたような帽子《ぼうし》をかぶっていた。あとで聞いたら、それはカンカン帽《ぼう》というのだそうだ。

「さて、ドジョウすくいに行くか？」

「おばあちゃんに、断《ことわ》らなくてもいいの？」

「言ってもわからんところへ行くんだから、断《ことわ》るだけむだだ」

「でも、網《あみ》やバケツなんかは？」

「あのなユウタ。メダカやドジョウを持って帰って、どうする？　メダカのつくだにを作るか？　ドジョウで柳川《やながわ》なべをやって食《く》うか？」

「そんなことしないよ。ただ水に入れて見るだけだよ」

「しまいには、どうなる？」

「死んじゃうかな……」

「そうだろう。だからすくったりして遊んだら、『遊んでくれて、どうもありがとう』と礼《れい》を言って、お引き取りねがうんだ」

「持って帰らないで、逃《に》がしちゃうということ？」

「そういうことだ。それがいやなら、やめておこう」

「ぼく、いやだなんて言っちゃいないよ」

「そうだろう、そうだろう」

「それで、この近所にメダカやドジョウのいるところがあるの？」

「ある！　あっても、あの根性悪《こんじょうわる》のクソババァには、内緒《ないしょ》なんだ」

「どこなの？」

「おまえの目の前だろうが」

「えーっ？」

だって、目の前はバス通りで、そのむこうは、電気会社の倉庫《そうこ》が並《なら》んでいた。

4 三島屋《みしまや》の多吉《たきち》に出会う

「ほら、耳を澄《す》ましてみぃ。セミの声がするし、川の流れの音がするだろう。あのピーピコピーピコいってるのは、カワセミという鳥だ」

そう言いながら、おじいちゃんは、家の門の前で、右の耳に右手をあてた。

おれはそのとき、ほんとうにおじいちゃんは、ぼけてるんじゃないかと思った。だって、そのままの姿勢《しせい》で、右の耳を突《つ》き出すようにして、いきなり道路を横断《おうだん》しはじめたのだ。

目の前の道路は大型《おおがた》トラックやバスや、乗用車《じょうようしゃ》なんかが、ひっきりなしにびゅんびゅんとばしていく。

それなのに、おじいちゃんは、すました顔をして横断《おうだん》しはじめたのだ。

「ウワーッ！　おじいちゃん、あぶなーいっ！」

おじいちゃんは、耳に手をあて、カワセミだか、オカセミだか知らないけど、その鳴《な》き声を聞くように、右の耳をつきだし、顔は完全に左をむいたまま、カタンコカタンコと下駄《げた》を鳴《な》らして、向こうへ渡《わた》ってしまった。

そして、おれのほうを見て、「早く来い」というように合図《あいず》するんだぜ。

「だめだよ、おじいちゃん！　ぼく、信号を渡《わた》って行くよ！」

そうしたら、こわい顔をして、怒鳴《どな》るんだぜ。

「ユウタ。おまえはわしを信《しん》じるって、言ったじゃないか！」

「そりゃ、信《しん》じるよ！　信《しん》じるけど、この道路は恐《おそ》ろしくて横断《おうだん》できないよ！」

「情《なさ》けないやつだなぁ」

そう言ったと思ったら、おじいちゃんはまた道路を横断《おうだん》して、こっちへ来ようとするんだよ。

「やめて！　おじいちゃん、あぶない！」

おれは、大声で怒鳴《どな》った。それなのに、おじいちゃんは平気な顔をして、下駄《げた》をカタンコカタンコ鳴《な》らしながら、のんびりとこっちへやって来る。そのおじいちゃんめがけて、ダンプカーが、ガァーッ！

「ゲーッ！」

おれは目をつぶって、頭をかかえてしゃがみこんだ。とてもじゃないけど、目の前でおじいちゃんがダンプカーにひっかけられて、ボロキレみたいにひき殺《ころ》されるのなんか、見たくなかったんだよ。

「ほりゃ、なにやってんだ？」

目を開けると、目の前に、おじいちゃんの下駄《げた》をはいた足が見えた。

おれは立ち上がったけど、ひざががくがくふるえていた。

「どうした。なにをガタガタふるえているんじゃ？」

「あ、あ、あのね、おじいちゃん。ぼ、ぼ、ぼく、おじいちゃんを信《しん》じるけど、この道路を横断《おうだん》するのだけはいやだよ」

「わかった。それじゃあ、わしの手をしっかり握《にぎ》るんだ。それから、目をつぶって息を止める。わしが『いいぞ』と言うまで、息を止めてるんだ。いいな？」

「まさか、ぼくをかついで、道路を突《つ》っ切《き》るわけじゃないよね？」

「まあ、似《に》たようなものだ。でも突《つ》っ切《き》るのは道路じゃない」

それを聞いて、おれはほっとした。この道路でなければ、どこを突《つ》っ切《き》ろうと安心だと思ったんだ。

「それじゃあ、わしが『いいぞ』と言うまで息を止めるんだぞ。もし、言わないうちに目を開けると、ペチャンコになって、どこかへはさまって、一生出られなくなって、一巻《いっかん》の終わりになる」

「そんな、おどかさないでよ」

「いや、おどかしじゃない。昔《むかし》から、そんなふうにして子どもが消えたもんだ。昔《むかし》の人はそれを『神かくし』と言ったもんだ」

「へー！」

「どうだ、やるのか、やらんのか？」

「やるってば！」

おれは、この、車がびゅんびゅん行ってる道路を、横断《おうだん》してきたおじいちゃんの力を信《しん》じることにした。

おれは目をつぶって、おじいちゃんの手を握《にぎ》った。おじいちゃんが強く握《にぎ》りかえしてくれた。

「息を止めろ！」

言われたとおりに、おれは息を止めた。

ところが、それから先が、めっちゃんこ長かった。

おじいちゃんが『いいぞ』って言うのを、忘れてしまったんじゃないかと思ったぐらいだった。

もう苦しくて苦しくて、血がぜんぶ頭へ上がって、頭がパンクするんじゃないかと思った。

「いいぞ」

やっと、おじいちゃんの声がした。おれは目を開けて、夢中《むちゅう》で息をした。まわりが紫色《むらさきいろ》に見えた。それから、赤くなり、黄色になって、ごくふつうの色になった。あたりを見まわすと、目の前はこんもりした小さな丘《おか》で、形のよいマツやスギの木がおいしげっていた。しかも、「どうぞ」というように、細い坂道が続いていた。

あのはげしい自動車のエンジンの音は消えて、あたりはしーんと静《しず》まり、セミ

の声や小鳥の鳴《な》き声が、しだいにはっきり聞こえてきた。

「ユウタ。わしがいいと言うまで、だれとも口をきくんじゃないぞ。そうだ、なるべくなら、わしにも声をかけるな」

「うん」

おじいちゃんは、先に立って、丘《おか》へ登って行った。おれは、そっとうしろをふりむいて見た。

すぐうしろに、ちゃんとおじいちゃんの家があった。立派《りっぱ》な白壁《しらかべ》の塀《へい》がまわしてあり、まるでお城のようだった。ただ、家のまわりは畑で、ほかの家はなかった。畑に植えてあるのは、背の低《ひく》い木で、行儀《ぎょうぎ》よく何列にも並んでいた。

おじいちゃんは、そんなおれにかまわず、さっさと丘《おか》を登って行く。おれは、あわてて、おじいちゃんのあとを追いかけた。

そのとき、横合いから、おれくらいの男の子が飛び出してきた。

これがまた、テレビの時代劇《じだいげき》に出てくる子どもみたいに、短い浴衣《ゆかた》みたいな着《き》物《もの》を着ていて、草履《ぞうり》をはいていた。

頭は丸刈《まるが》りの坊主《ぼうず》頭で、ほっぺたには、白い粉《こな》をまぶしたみたいなあとがあった。その男の子が、おれを見て、にーっと笑った。

「シローさま、このあいだは、どうして、だまって帰ってしまわれたんだ？」

「…………？」

おれは、おじいちゃんとの約束《やくそく》を思い出して、だまっていた。

「あの白玉《しらたま》だんごは、気に入らなかったかの？」

「…………？」

そのとき、おじいちゃんがふりむいた。おじいちゃんは、いつのまにか立派《りっぱ》なひげをはやしていた。その男の子は、おじいちゃんに気がつくと、

「ひゃー、ご隠居《いんきょ》さまぁ！」

と言って、地《じ》べたに座ってしまった。

おじいちゃんが言った。

「多吉《たきち》。賢司郎《けんしろう》はあの白玉《しらたま》だんごを食《く》ったばかりに、よその仏壇《ぶつだん》の供《そな》え物《もの》を食《く》ったとばかにされたんだぞ」

「ヒャーーッ！」

「ひゃーじゃないだろう。出すなら、もう少し、ましな物を出せ」

「わかりもうした」

そう言うと、男の子はカエルのように、ぴょこんと飛び上がり、草の中へ頭から飛びこんで行った。それっきり、草むらはカサッとも言わなかった。

「今のが、三島屋《みしまや》の多吉《たきち》だ。たまたま関東大震災《かんとうだいしんさい》のとき、東京へ行っていて、行《ゆく》方《え》が知れなくなってしまった」

「ええっ？」

おれは、おじいちゃんの言ってることが、よくわからなかった。

「それより、ユウタ、こっちへ来てみぃ。きれいだぞ」

おれは急いで、おじいちゃんのそばへ行った。

そこからは、両側《りょうがわ》からトンネルのように立ち木にかこまれた小道が、急な下り坂になっていた。坂道は三、四〇メートルほどでなくなり、その先は溝《みぞ》のようになっていた。そして、そこから、涼《すず》しそうなせせらぎの音が聞こえていた。

「あそこが小川だ。フナでもドジョウでも、つくだににするほどいるぞ」

そう言うとおじいちゃんは、「行ってみろ」と言うように、あごの先で、小川のほうをさした。おれは走って、坂道をおりた。

そこは、まるで、外国の昔《むかし》の絵物語に出てくるような光景《こうけい》だった。

幅《はば》三メートルほどの小川であったが、水はたっぷりという感じで、澄《す》んでいて、川底の石や砂が見えた。水の表面には、岸の草の葉や、木の葉の緑色《みどりいろ》がうつっていた。

川の流れの中に、橋のかわりなのか、大きな石がとびとびに置いてあり……いや、もとからあったのか、そこをつたって、むこう岸へ渡《わた》れるようになっていた。

おれは、その石のひとつに飛び乗って、水の中をのぞきこんだ。メダカやドジョウどころか、大きなコイまでが泳いでいた。

5　マサフミはおれのパパ

澄《す》んだ水の底に、大きな黒いマゴイがいて、石のようにじーっとしていた。五、六〇センチもあるだろうか。えらがかすかに動いていたし、まん丸な目がときどき、くりっと動いた。

おれが、かなり前かがみになって、夢中《むちゅう》でのぞきこんでいたので、石がほんの少し、前のほうへぐらっと動いた。

そのとたんに、おれは前のめりにすべって、頭から水の中へ落ちてしまった。

ザバーン！

おれは立ち上がろうとしたが、体は横になったまま、足がつかない。

このままじゃ、おぼれてしまうと思ったおれは、水の中で、夢中《むちゅう》でもがいた。
「なにやっとるんじゃ、たわけ！　立つんじゃ立つんじゃ！」
おじいちゃんの声がした。おれはもがくのをやめた。そうしたら足が川底につ
いた。おれは、ゆっくり体を起こしてみた。水の深さは、せいぜいヘソあたりま
でだった。
ズボンもパンツもシャツも水びたしだったけど、それほどいやな気分ではな
かった。
おれが石の上へ、はいあがろうとすると、
「ははは……。あわてたな」
と、こもったような声が、下のほうから聞こえてきた。
見ると、あの大きなマゴイが、おれのヘソのあたりの水面で、背びれまで水の
上に出して口をぱくぱくさせていた。

「ええっ？　今、こいつが口をきいたのかぁ？」

おれには、とても信《しん》じられなかった。そりゃあ、よくテレビで、人間のことばを話すインコだの、カラスだのを見たことがあるけど、あれは、ことばの意味がわからないで勝手《かって》にしゃべっているだけで、本当に話ができるわけじゃない。

すると、おじいちゃんが言った。

「昔《むかし》はな、イヌだろうと、ネコだろうと、コイだろうと、年を食《く》ったものは、みんな、子どもとおしゃべりをしたものだ」

「うそだぁ！」

おれは笑いながら言った。おじいちゃんが、おれをからかって、うそを言ってると思ったからだ。

ところが、おじいちゃんは気分を悪くしたらしく、いやな目でおれを見て、言った。

「ほんとうに、近ごろの子どもは夢がないからなぁ。おまえはコイと話をしてみたいと思ったことはないのかね。今、口をきいたかどうか、コイに聞いてみたらいい」

おれはいくらなんでも、保育園や幼稚園《ようちえん》の子みたいに、おおまじめでコイに向かって、「コイさん、コイさん、今、あんた口をきいたかい？」なんて、たずねてみる気になれなかった。

そうしたら、そのコイが言ったのだ。

「昔《むかし》、となりのお宮《みや》の池でコイと遊んで、先生に叱《しか》られた保育園の子がいたけど、あの子はなんという名前だったかな？」

「ええっ？」

そういえば、そんなことがあった。もう、すっかり忘れていたけど、あのとき、おれには、あの池のコイが「遊ぼう」と言ったような気がしたんだ。

おれはうす気味《きみ》悪くなって、あわてて、石の上にはい上がった。

そうしたら、コイもバシャっとはねて、となりの石の上に乗った。そして、じーっとおれの顔を見て、にたーっと笑うと言った。

コイが笑うなんて、とっても信《しん》じられないかもしれないけど、ほんとうに笑って言ったんだ。

「こいつはどうして、こんなことを知っているんだろうと思っているな？」

「…………！」

もしかすると、おれ、顔色が変わっていたかもしれない。

だって、ほんとうに、そう思っていたんだもの。

「ハハハ……。おじいちゃんが知っていることはみんな、わしも知っているんだ」

おれは、あわてておじいちゃんのほうを見た。おじいちゃんは、こちらに背中を見せて、あの細い坂道をゆっくりと登って行くところだった。

「おじいちゃん、待《ま》ってよ！　おいてかないでよ！」

おれは、飛び上がって、おじいちゃんのあとを追いかけた。

おじいちゃんに追いつこうとしたところで、おれは、だれかにどすんとぶつかって、うしろへひっくりかえった。

そこに、よごれたシャツに半ズボンをはいた、ぼさぼさ頭の知らない男の人が立っていて、とおせんぼをして、にらんでいたんだ。

「マサフミ！　おまえが自分で言い出したんだから、逃《に》げ出さずに、ちゃんと号令《ごうれい》をかけなきゃだめじゃないか。みんな待《ま》ってるんだぞ」

男の人はそう言って、おれの手をつかむと、ぐいぐいひっぱって行く。

マサフミというのは、おれのパパの名前だ。男の人はおれのことを、パパのマサフミと思い違《ちが》いしているのだ。

「おじいちゃーん！」

おれは、悲鳴《ひめい》を上げた。

でも、おじいちゃんは助けに来てくれない。

「いずれ、おまえのお父さんに言って弁償《べんしょう》してもらうが、あのケイタイラジオは、先生の結婚祝《けっこんいわ》いに、みんなが高い金を出し合ってプレゼントしてくれたものなんだぞ！　それを勝手《かって》にいじくりまわして、こわしたんだから、責任《せきにん》もとってもらわなくちゃな」

おれが、連《つ》れて行かれたところは、広場のようなところで、そこに子どもが、おおぜいいた。でもその子たちの顔を見て、おれはふるえあがった。なかに土色《つちいろ》の顔をして、頭がぱっくり割れている子がいた。よく見ると、それはあの三島屋《みしまや》の多吉《たきち》といった子だった。その多吉《たきち》が、にやにや笑いながら、おれの手をつかもうと寄って来た。

それなのに男の人が大声で言った。

「さあ、もたもたしないで号令《ごうれい》をかけるんだ。みんなも早く家へ帰りたがっているんだから……」

男の人は、どうやらパパの小学校のときの先生らしい。あごの真下に大きなほくろがあって、そのほくろから毛が二、三本はえていた。

先生はおれを、台の上へおし上げた。

そのとき、すぐうしろで、小声でささやくおじいちゃんの声がした。

「だまっておれ。わしの手を握《にぎ》れ」

うしろから、おじいちゃんの左手が出てきて、おれの右手をぎゅーっとつかんだ。おれも夢中《むちゅう》で、握《にぎ》りかえした。

「いいか、わしが号令《ごうれい》をかけはじめたら、目をつぶって、息を止めるんだ。いいな」

おれは、返事をするかわりに、おじいちゃんの手を握《にぎ》りかえした。

おじいちゃんが大声で言った。

「では、みなさん、元気にラジオ体操《たいそう》いたしましょう。両手を腰《こし》に、ひざを曲げる運動、はいっ、1、2、3、4……」

そのあいだ、おれは、必死《ひっし》で目をつぶり、息を止めていた。

おじいちゃんは、「1、2、3、4……」と号令《ごうれい》をかけるばかりで、なかなか「いいぞ！」とは、言ってくれなかった。

耳はギンギン鳴《な》るし、頭は真《ま》っ白《しろ》けになるし、おれは死ぬかと思った。と、体がふわーっと軽くなり、おれは気が遠くなってしまった。

☆

「ほらほら。こんなところで、昼寝《ひるね》なんかしていると、ヤブ蚊《か》にさされて、でこぼこになっちゃうじゃないの」

おばあちゃんの声だった。

「よかったぁ！」

おれは、ほっとして、飛び起きた。全身、汗《あせ》で、びっしょりぬれていた。

「いやだねえ。汗《あせ》をびっしょりかいてるじゃないの。なんか悪い夢でも見てたんじゃないの？」

おれは返事をするかわりに聞いた。

「ねえ、おじいちゃんは帰って来た？」

「帰って来た？　おじいちゃんが、どこかへ行ってたの？」

「いや、ちょっと、そんな気がしただけだよ」

「おじいちゃんなら、奥《おく》の部屋にいて、あんたみたいに、ペチャンコになって昼《ひる》寝《ね》してるよ。それより、風呂場《ふろば》へ行って、ちょっと水でもかぶっておいで。そんな汗《あせ》っくさいものをいつまでも着ていたら、くさくなるよ。そのあいだに着替《きが》えを出しておいてあげるから」

「はーい!」

おれは、風呂場《ふろば》へ行くついでに、おじいちゃんの部屋をのぞいてみた。

おじいちゃんは、顔の上に読みかけの本を乗せて、いびきをかいて寝《ね》ていた。

おれが風呂場《ふろば》で汗《あせ》を流して、新しいシャツに着替《きが》えて、ほっとしていると、また電話が鳴《な》った。

おばあちゃんが受話器《じゅわき》をとった。

「はいはい、大井です。ああ、雪乃《ゆきの》さん? ……え? 昔《むかし》、西片町《にしかたちょう》に三島屋《みしまや》さんがあったんですか? ……ああ、あの大正《たいしょう》十二年の関東大震災《かんとうだいしんさい》でつぶれたんですか? で、そのお店に多吉《たきち》という人は?」

「その大震災《だいしんさい》で死んだんだよ」

言ってしまってから、おれは飛び上がった。

6　おれは暑気当《しょきあ》たりなのか

電話をしながら、おばあちゃんは息まで止めて、おれの顔をじーっと見つめた。あんまりじーっと見るので、おれの顔に穴《あな》があいちまうんじゃないかと思ったほどだ。おばあちゃんの持っている受話器《じゅわき》から「もしもし、もしもし！」と言う、かん高い女の人の声が聞こえていた。

おばあちゃんは、おれの顔を見つめながら受話器《じゅわき》の相手に言った。

「あ、すみません。その多吉《たきち》さんは関東大震災《かんとうだいしんさい》でなくなったそうですね。……いえ、今目の前に孫《まご》がいて、そう言うもんですから。さぁ、どこで聞いてきたんでしょうね」

おれは、なんとなく具合《ぐあい》が悪くなって、あとずさりして、廊下《ろうか》へ逃《に》げだした。

と、そこに、おじいちゃんが立っていた。

「わしの部屋で、テレビでも見るか」

おじいちゃんは、まるで、とってつけたように笑うと、おれの手をつかんで、ぐいぐい自分の部屋へひっぱって行った。

「ねえ、おじいちゃん。おじいちゃんは、確《たし》か、あの丘《おか》のところで、三島屋《みしまや》の多《た》吉《きち》は関東大震災《かんとうだいしんさい》で死んだって言ったよね」

おじいちゃんの部屋へ入ったところで、おれは確《たし》かめた。

「ミシマヤのタキチ？　何者だ、そいつは？」

おれはたまげて、おじいちゃんの顔を見てしまった。

「どうかしたか？」

「やだなぁ。さっきおじいちゃんは、ぼくをドジョウすくいに連《つ》れてってくれたじゃないか」

今度は、おじいちゃんまで、ぽかーんと口を開けて、じーっとおれの顔を見た。

「ぼく、なんか、変《へん》なことを聞いちゃったかなあ？」

「うむ。かなり変《へん》なことを聞いておる。おまえ、暑さにやられたのと違《ちが》うか？　いつ、わしがおまえをドジョウすくいに連《つ》れて行ったのかな？」

「やだなぁ！　さっきだよ。さっき！」

「ほう。しかし、今どき、このへんにドジョウなどおるのかな？」

「おばあちゃんも、そう言ったよ。だから、ぼくもそんなところがあるの、と聞いたんだよ。そうしたら、おじいちゃんは、『ある！　あっても、あの根性悪《こんじょうわる》のクソババァには内緒《ないしょ》なんだ』って言ったじゃないの」

「ケケケケ……」

おれはまた、おじいちゃんが笑ったのかと思った。やっぱり、咳《せ》きこんでいたんだ。気がつくと、部屋の入り口のところに、おばあちゃんがいて、いやーな顔をしていた。

おばあちゃんはおれの前に座った。

「ユウタ。その根性悪《こんじょうわる》のクソババァに、聞かせてちょうだい。三島屋《みしまや》の多吉《たきち》さんという人が、関東大震災《かんとうだいしんさい》で死んだというのは、だれに聞いたの？」

おれは困《こま》って、おじいちゃんの顔を見た。おじいちゃんは、そんなことは知らないというように手をふって、言った。

「わしも、たった今、ユウタからその話を聞いて、ミシマヤのタキチとは何者かと、たずねておったんだ」

おばあちゃんは、じろりとおじいちゃんを見て、言った。

「とぼけちゃって！ おじいちゃんが、西片町《にしかたちょう》の知らない家の、仏《ほとけ》さまのお供《そな》え物《もの》を食べちゃったとき、あたしにちらっと『三島屋《みしまや》の多吉《たきち》に呼《よ》ばれた』って、言ったじゃありませんか」

「もう、いくら言ったらわかるんだ！　そんなことがあるわけないだろう！　言っとくが、わしは、ミシマヤのタキチなどというものは知らん！」

おじいちゃんも、かなり本気で言いかえしていた。

「いいですか、二人ともよーく聞いてくださいよ。三島屋《みしまや》というのは、昔《むかし》、西片町《にしかたちょう》にあった大きな荒物問屋《あらものどんや》だそうですよ。関東大震災《かんとうだいしんさい》でつぶれたそうです。大震災《だいしんさい》は、あたしが生まれた年で、もう七〇年も前のことですよね。多吉《たきち》さんというのは、そこの三男《さんなん》さんだそうですよ。長恵寺《ちょうけいじ》の和尚《おしょう》さんが調べてくれたんですよ」

「だから、それが、わしとどういう関係にあるのかな？」

おれは思わず笑って、言っちゃった。

「おじいちゃんも、すっかりとぼけちゃって！　三島屋《みしまや》の多吉《たきち》さんは、ぼくのことを『シローさま、このあいだは、どうして、だまって帰ってしまわれたんだ？』って言ったじゃないの。丸刈《まるが》りの大きな坊主頭《ぼうず》で、ぎょろ目で、ほっぺたに白い粉《こな》を、まぶしたみたいなあとがあったよ」

今度は、おじいちゃんが、おれの顔を穴《あな》があくほど見つめた。それから、低くうなった。

「おおーっ！　そう言えば、わしがガキのころ、シラクモの多吉《たきち》とかいう遊び仲間がおったわ。ほっぺたに、白い粉《こな》で丸くおしろいでも塗《ぬ》ったみたいに、シラクモがあって……」

「そうだよ、おじいちゃん。そうしたら、その子が『あの白玉《しらたま》だんごは、気に入らなかったかの?』って、聞いたじゃない。そうしたら、おじいちゃんが『多吉《たきち》、賢司郎《けんしろう》はあの白玉《しらたま》だんごを食《く》ったばかりに、よその仏壇《ぶつだん》の供《そな》え物《もの》を食《く》ったとばかにされたんだぞ』って怒《おこ》って、多吉《たきち》さんは逃《に》げてったんだよね」

「そ、そ、そのことは、知らんぞ！」

言わぬが花

しかたがないので、おれは、おばあちゃんに言った。

「そのあとで、おじいちゃんが、ぼくに『今のが、三島屋《みしまや》の多吉《たきち》だ。たまたま関《かん》東大震災《とうだいしんさい》のとき東京へ行っていて、行方《ゆくえ》が知れなくなってしまった』と教えてくれたんだから……」

「ちょっとバアさん。ユウタは、暑気当《しょきあ》たりしたのと違《ちが》うか？」

そう言いながら、おじいちゃんは、おれのおでこに手をあてた。

「おじいちゃん、じゃましないでくださいよ。ユウタ、その話はとってもおもしろいわ。ほかにどんなことがあったの？」

「それと、よくわからないけど、ぼくのパパが、先生のケイタイラジオとかいうのをこわして、かわりにラジオ体操《たいそう》の号令《ごうれい》をかけることになって、台にあがったら、血だらけで、頭の割れた三島屋《みしまや》の多吉《たきち》さんがいて、すごくおっかなくて、おじいちゃんがかわりに号令《ごうれい》をかけてくれて………」

気がつくと、おばあちゃんが、おじいちゃんをにらんでいた。

「おじいちゃん。おじいちゃんは、いつユウタにそんな話を聞かせたんですか？」

「そ、そ、そんな覚《おぼ》えはない！」

「では、どうして、ユウタがそんなことを知ってるんですか？」

「そんなこと、わしは知らん。ユウタに聞いてくれ」

おれは、あきれて、おじいちゃんを見た。おじいちゃんは、ほんとうに困《こま》ったような顔をしていた。

「おじいちゃん。ほんとうに、覚《おぼ》えがないの？」

おれがたずねると、おじいちゃんは、まるで幼稚園《ようちえん》か保育園の園児《えんじ》みたいに、心細そうに、こっくりした。

「そうかぁ。もしかすると、あれは夢だったのかもしれないな」

「そうだ、そうだ！　そうに違《ちが》いない。夢だ、夢だ、夢だよ！」

おじいちゃんは、やけに元気になって、そう言うと大声で笑った。

「夢だから、たった今会った人間が、そのあとの大震災《だいしんさい》で行方不明《ゆくえふめい》になるなんて言うんだ。だいたい、夢というものは、つじつまの合わないものなんだ」

それでも、おばあちゃんは、まだ、疑《うたが》い深そうな目つきをしていた。

「そうよ、そういえば、あのとき、マサフミは、ラジオをこわしたのは、自分じゃないと言ってましたよね。やったのは、頭から血を出した、ぎょろ目の浴衣《ゆかた》を着た子だって……。それで、あなたは怒《おこ》りもせず、ラジオを弁償《べんしょう》したんですよね。今、ラジオなんて、子どものオモチャのおまけみたいなものなのに、あのときは、今のラジカセの何倍というくらいの高価《こうか》なもんでしたね」

「うむ……そういえば、そんなことがあったような気もする。あのときのマサフミの子が、こんな大きいユウタなんだから、わしもジジィになったわけだ。ぼけても不思議《ふしぎ》はないな、バアさん」

おばあちゃんも、困《こま》ったように笑った。

「考えてみると、わしだって、ユウタぐらいのときはあったんだ」

「そのとき、おじいちゃんは、みんなからなんて呼《よ》ばれてたの？」

「ああ、わしはこのあたりの地主《じぬし》の総領《そうりょう》むすこだったから、『賢司郎《けんしろう》さま』とか、略《りゃく》して『シローさま』なんて言われて、いばってた」

「そうだよ。夢の中で、多吉《たきち》さんは、家来《けらい》みたいにへこへこしてたよ」

「ああ、あれは、三島屋《みしまや》のむすこには違《ちが》いないけど、ほかの兄弟とは母親が違《ちが》うとかで、いじけてかわいそうなやつだったような気がする……」

そう言うと、おじいちゃんは、おれの顔を見て、にっこりした。

「ユウタ、夕方になって、涼《すず》しくなったら、あちこち散歩《さんぽ》に行こう」

「そうよ。そうしなさい」

そう言って、おばあちゃんは笑った。

7　タマムシもあやしいぞ

夕方、おれは、おじいちゃんと散歩《さんぽ》に出かけた。門の前で、おれはおじいちゃんに聞いてみた。

「いくらなんでも、この道路を横断《おうだん》しないよね」

「あたりまえだろう。そんなことをしたら、車にひかれてペッチャンコだ。この先に信号がある。そこで渡《わた》る」

おじいちゃんは、にこりともしないで言った。

「ねぇ、おじいちゃんが子どものころ、この道路の向こう側《がわ》は丘《おか》になってたんじゃないの？」

「そうだ。雑木林《ぞうきばやし》で、細い坂道の向こう側《がわ》に小川が流れていて、ドジョウだのフナだのをすくいに行ったもんだ」

「ものを言うコイも、いたんじゃない？」

おじいちゃんは、ぎょっとして足を止めて言った。

「その話、だれから聞いた？」

おじいちゃんが、あんまり真剣《しんけん》な顔をしているので、おれはごまかした。

「そう思っただけだよ。だって、昔《むかし》は年とった生き物は山をきくって言ったんでしょ？」

「ああ、年寄りに、よくそう言われた」

おじいちゃんは、ほんとうに、あの丘《おか》でのことは思い出さないみたいだった。

おれとおじいちゃんは、信号のところで向こう側《がわ》へ渡《わた》った。

「ねえ、おじいちゃん、三島屋《みしまや》の多吉《たきち》って子は、どんな子だったの？」

「うむ、あいつの本当の名前は、中村多吉《なかむらたきち》っていうんだ。あいつはわしのことが好きだったらしくて、年中《ねんじゅう》わしのあとばかりついて歩いていたけど、わしは、あんまり好きになれなかったな」

「どうして？」

「頭でっかちで、ぎょろ目で、頭が重いせいか、ゆらゆらゆれるように歩いていた。ほっぺたや頭には、シラクモというヒフ病があって……、そんなことはどうでもいいんだけど、けちで、欲《よく》が深くて、弱いものいじめはするし……、先生に告《つ》げ口はするし……みんなからもきらわれていた」

「ひゃー」

「でも、勉強はすごくできた。三年生のくせに、六年生の算術《さんじゅつ》の問題なんか、ちょろちょろっとやっちゃうんだ。勉強じゃ、とてもかなわなかった。だから、わしはあいつが、大震災《だいしんさい》で行方《ゆくえ》が知れなくなったとき、正直、ほっとしたものなぁ」

そう言うと、おじいちゃんは大きなため息をついた。

「……今、考えてみると、どうしてあいつのことを、あんなにきらったのかわからないなぁ」

おれたちはおしゃべりしながら、電気会社の工場の敷地《しきち》を大きくまわって、道を渡《わた》り、小高《こだか》い公園に行った。

「ここは、大昔《おおむかし》、城があったあとなんだ。この先に小さな展望台《てんぼうだい》があって、町中《まちじゅう》見渡《みわた》せる。行こう」

おれはおじいちゃんと並《なら》んで、展望台《てんぼうだい》へ登った。気持ちのよい風が吹いていた。

「あれが、わしの家だ。ほら、自動車道にそって白い塀《へい》があるだろう。ずっと右側《みぎがわ》のほうに光っている屋根があるだろう。あれが長恵寺《ちょうけいじ》だ。その先のごちゃごちゃビルのあるあたりが駅だ」

「昔《むかし》、おじいちゃんの家のまわりは畑だったんでしょ？」

「ああ、クワの木が植えてあった。カイコを飼《か》ってたからなぁ。こうして見ると、畑なんか、なくなってしまったなあ。昔《むかし》は、どっちを見ても畑ばっかりだったのにな」

そばで、おじいちゃんの話を聞いていると、おじいちゃんに、おかしいところなんか、なにひとつなかった。

――……だとすると、あれはなんだったんだろう？　もしかすると、おれは、おじいちゃんの言うとおり、ほんのちょっとのあいだ、あの土間《どま》のところで、いねむりをして、つい、へんてこな夢を見たのかもしれない……――

と思いはじめた。

おれたちのそばを、オニヤンマやギンヤンマが、ゆうゆうと飛んで行った。

「不思議《ふしぎ》だなぁ。ヤンマだけは、昔《むかし》のように飛んでおる。でも、どうして子どものころは、あんなに夢中《むちゅう》になって、オニヤンマなんか追いかけたんじゃろ。ユウ

タ、おまえは、あのオニヤンマをつかまえてみたいとは思わないか？」
「思わないよ。だってトンボは悪いムシなんかをとって食《く》うって習ったもの」

「そうか、そんなもんか。そういえば、このへんは、昔《むかし》ホタルがたくさんいたし、なんといっても人気の王者は、タマムシだったなぁ」

おじいちゃんは、そう言ったあと、しまったというような顔をして、急にだまってしまった。

「タマムシがどうかしたの？」

「いや………」

そう言ったきりで、おじいちゃんは、だまって遠くを見ていた。それで、おれは、ついつい、そんなおじいちゃんを、じろじろ見てしまった。

もしかすると、おじいちゃんには、三島屋《みしまや》の多吉《たきち》みたいに、タマムシにも思い出したくない、なにかがあるんじゃないかと思った。

そんなおれに気がついたおじいちゃんは、あわてて言った。

「その、なんだよ。……タマムシだがな、あのタマムシの羽《はね》の色の美しさは、とても、この世のものとは思えなかったなぁ」

おれはちょっと、変《へん》だなと思ったけど、だまっていた。

しばらくして、おれたちは夕焼けを背中にして帰ってきた。途中《とちゅう》、おじいちゃんは手をつなごうと言った。

三年生にもなって手をつなぐなんて、ちょっと照れくさかったけど、また、おじいちゃんが、「もういいと言うまで、息を止めろ」と言い出すんじゃないかと思って、手をつないだ。でも、家へつくまで、なんにも起きなかった。

☆

その夜、パパから電話がきた。パパもおじいちゃんのことを心配していた。おれは「おじいちゃんなら、だいじょうぶだよ」と言ったあとで、聞いてみた。

「ねぇ、パパ。パパが三年生の夏休みのときだと思うけど、朝のラジオ体操《たいそう》のとき、先生のケイタイラジオとかいうやつを、こわさなかった？」

「えっ？」

パパは一生懸命《いっしょうけんめい》思い出しているらしく、しばらくしてから言った。

「ああ、あれはな、ほんとうはパパがこわしたんじゃない」

「もしかして、着物《きもの》を着た、頭の割れた、ぎょろ目の男の子じゃなかった？」

「ああ、確《たし》かじゃないけど、そうだったような気がする。なんだか、ものすごくこわかった。それなのに、先生は、パパがラジオをこわしたと言うんだ。それでオヤジ……おじいちゃんに叱《しか》られるだろうなと思っていたら、おじいちゃんはだまって、そのケイタイラジオを弁償《べんしょう》してくれたんだ。それで、その子のことはだれにも言うなって……」

「その頭の割れてた男の子の名前は、知らない？」

「よせよ、知るわけないだろう」

「それと、もうひとつ。タマムシのこと、なにか知らない？」

「タマムシ？　さあ、知らないぁ。そういえば子どものころ、友だちからタマムシをもらって帰ったら、おじいちゃんがひどくいやがって、返しに行ったことがあったけど……。おいユウタ、おまえ、なにを調べてるんだ？」

「なんでもない。それじゃ電話切るよ」

電話の向こうで、パパが「もしもし」と言ってるのが聞こえたけど、おれは電話を切った。

おじいちゃんが、おれに碁《ご》を教えてくれることになっていて、呼《よ》びに来たのだ。

「パパは、わしのことを、ぼけていないかどうか心配してたろう？」

おじいちゃんは、笑いながら言った。

「まあね」

「今度、電話のときは、ぼけて大変で手がかかってしょうがないって言うんだな」

おじいちゃんは、そう言って、いたずらっ子のように笑った。

おじいちゃんは、おれに、碁《ご》の打ち方を教えながら、ときどき言った。

「いやいや、ユウタはパパより、ずっと頭がいいぞ。ゆっくり考えるところがいい。昔《むかし》から大井家の血は、せっかちだと言われてきたんだが、どうしてどうして……。ただ、ふにおちないのは、あの通信簿《つうしんぼ》の中身だな。これだけ考え深い子が、あの成績《せいせき》というのは不思議《ふしぎ》だ。明日から、本気で勉強もしような」

おじいちゃんは、そう言って、おれの頭をなでてくれた。それを聞いて、おれはいやな気分になった。

――これから、ずーっと本気で勉強させられちゃ、かなわないなぁ。いっそ、おじいちゃんが、ぼけていてくれたほうが楽《らく》だったのになあ。――

8　長恵寺《ちょうけいじ》の娘　小林ミカリ

ほんとうのところ、どうも、おれは、だまされたらしい。

夏休みのあいだ中、ただ、ぼーっとおじいちゃんを見張《みは》っていればいいのだから、気楽《きらく》なアルバイトだと思っていた。

ところがどっこい！

朝、涼《すず》しいうちに勉強！――ときたもんだ。しかも、おじいちゃんが、がっちりついて監督《かんとく》だぜ。サボるわけにはいかない。

昼からは、前の通りの停留場《ていりゅうじょう》から、バスでプールへ行く。これも、おじいちゃんがついてくる。そして、おれに「日本泳法《にほんえいほう》」とかいう変《へん》な泳ぎ方を教えるんだ。

プールへ行かない日は、おじいちゃんの山登りだとか、遠くのお寺へのお供《とも》だ。ときには町のゲームセンターみたいなところへ連《つ》れてってくれるけど、そのあいだ中《じゅう》、「どうして今の子は、こんな、せわしないものが好きなのかなあ。わしにわかるように説明してもらいたいもんだ」

と、ぶつぶつ文句《もんく》ばっかり言っている。

でも、これはこれで、慣《な》れてくると、あんまり気にもならないんだよね。

そんな、ある日の午後、おばあちゃんに、

「ユウタ、たまには、おばあちゃんともつきあってよ」

と、さそわれた。おじいちゃんは午後から、市役所に用があるということだった。

「フフフ……。ユウタだって、年中《ねんじゅう》、くそまじめのおじいちゃんにつきあわされてちゃ、たまんないものね。たまには息ぬきしないとね。さーて、なにかおいしいものでも食べようかね」

おれは、おばあちゃんとバスに乗って、駅前の商店街《しょうてんがい》へ行った。和菓子屋《わがしや》のところに「氷白玉《こおりしらたま》あります」とチラシがはってあった。

おじいちゃんが、三島屋《みしまや》の多吉《たきち》によばれて食べたという白玉《しらたま》だんごだ。

「おばあちゃん、ぼく、氷白玉《こおりしらたま》ってのを食《く》ってみたい」

「おやまぁ。古風《こふう》なものを食べたがるんだねえ。じゃ、わたしもつきあおうかね」

店には、おれたちのほかに客はなかった。テーブルについてから、おれは聞いてみた。

「ねえ、おばあちゃん。おじいちゃんは、どこがぼけてるの？」

「ごめんね。ユウタが来る前までは、土蔵《どぞう》に入って、わけのわからない本なんか読んで、『今から、わしは壁《かべ》を通り抜《ぬ》けるからな』なんて言って、へんてこな気合いをかけて、壁《かべ》に正面衝突《しょうめんしょうとつ》して、ひっくりかえったりの大ボケをやったりしたんだけど、ここんとこ、ぜんぜんおさまってるものね。あたしだって、うそをついたみたいで具合悪《ぐあい》いよ。ユウタには申《もう》し訳《わけ》ないと思ってるよ」

「そんなことないよ。どうせ家にいても、ひとりぼっちで、テレビ見てるか、マンガ見てるくらいだもん。それに、おれ、はじめはおじいちゃんがおっかなかったんだけど、このごろは、好きになってきたよ」

「そう言ってくれると、あたしも気が楽になるよ」

そこへ氷白玉《こおりしらたま》がきた。かき氷の上に、白玉《しらたま》だんごとアンコが乗っているだけだった。でも白玉《しらたま》が冷たくて、しこしこしていてうまかった。

そのとき親子連《づ》れの新しい客が入ってきて、おばあちゃんがあいさつした。うちのママよりちょっと若いかなという感じの女の人と、おれぐらいの女の子だった。

「ユウタ、長恵寺《ちょうけいじ》さんの奥《おく》さんとお嬢《じょう》ちゃんだよ。うちの孫《まご》で大井ユウタです」

しょうがないから、おれはぺこんとおじぎした。

「あたし、小林ミカリ」

そう言うと、女の子はおれのとなりに腰《こし》をおろして、いきなり聞いた。

「ねえ、氷白玉《こおりしらたま》、おいしい？」

「うん」

「じゃあ、ママ。わたしも氷白玉《こおりしらたま》」

お寺の奥《おく》さんが、おばあちゃんに聞いた。

「三島屋《みしまや》の多吉《たきち》さんが、大震災《だいしんさい》でなくなったと言ったのは、このお孫《まご》さんですか？」

「そうなんです。でも、よーく聞いてみると、そういう夢を見たらしいんですよ」

おれのかわりに、おばあちゃんが言った。

「そうですか。不思議《ふしぎ》ですねえ。あのあと、昔《むかし》、長恵寺《ちょうけいじ》の寺男《てらおとこ》をしていたという方のむすこさんが見えて、多吉《たきち》さんが大震災《だいしんさい》で行方《ゆくえ》知れずになったのは、罰《ばち》があたったんだとおっしゃるんです」

「罰《ばち》ですか？」

「はい。なんでも、多吉《たきち》さんがいたずらして、うちの寺の御本尊《ごほんぞん》さまの右手首をこわしてしまったそうです。手首はあったのですが、小指はとうとう見つからなかったそうです。そんなことがあってから、三島屋《みしまや》さんも、のれんがかたむき、とうとうお店は人手《ひとで》に渡《わた》ってしまったのだそうです」

「まぁ、そうなんですか？」

「はい。ですから、御本尊《ごほんぞん》さまの右手首はなおったのですが、小指がないのです」

そのとき、ミカリがいきなり、おれの顔を見て「いいでしょ？」と言うような目つきをしたと思ったら、つまようじで、おれの皿の白玉《しらたま》だんごをさして、自分の口へほうりこんで、にーっと笑った。

「お行儀《ぎょうぎ》が悪い！　ユウタさんだったわね。ごめんなさいね」

お寺の奥《おく》さんがかわりに謝《あやま》った。

「い、い、いいんだよ」

ミカリは、そんなことはぜんぜん関係ないみたいな顔をして、おれに言った。

「ユウタ、あんた、タマムシって見たことある？　帰りにうちへ寄んない？　見せたる。それとね、ファミコンの《スーパードラモン》を買ったんだ。やらしたる」

「へー《スーパードラモン》なんか持ってるんだぁ。すごいなあ」

「すごい？」

「うん。すごいよ。おれも、前から一ぺんやってみたいと思ってたんだ」

おれがそう言ったら、ミカリはもう、すっかり喜んじゃって、

「ねぇママ。ミカリたち、先に帰っていいでしょ？　大井先生はママと帰りに寄ればいい」

なんて言い出した。おれはちょっと困《こま》って、おばあちゃんの顔を見た。

「なに言ってるのよ。ユウタさんの都合《つごう》もあるのに」

ミカリのママが言った。

「ユウタ、あんたの好きにしていいよ」

おばあちゃんが言った。

「きまりっ！」

そう言うと、ミカリは右手で、おれの右手をぴしゃっとたたいた。はずみで、右手に持っていたスプーンがふっ飛び、チャリンリャリンとはでな音を立てた。

「ほんとうに乱暴《らんぼう》なんだから……。そうだわ。今度はミカリも大井先生に、お花や踊《おど》りのお稽古《けいこ》をしてもらいましょう」

ミカリは首をすくめて見せた。

そんなわけで、おれは途中《とちゅう》でおばあちゃんと別《わか》れ、ミカリと駅前からバスに乗り、長恵寺《ちょうけいじ》へ行った。

長恵寺《ちょうけいじ》は意外に大きなお寺だった。おれはミカリについて、本堂《ほんどう》のわきの入り口から入った。ミカリの部屋は、とてもお寺の中の部屋とは思えないくらい、おしゃれだった。それに、部屋にクーラーがついていた。

おれたちは、かわるがわる《スーパードラモン》で遊んだ。ミカリはやりながら、夢中《むちゅう》になって男みたいに「あ、チキショウ！」だとか「死ねぇ、クソ！」などと怒鳴《どな》った。

「そうだ。タマムシを見せてくれよ」

「いいとも」

ミカリは、部屋から飛び出し、すぐにプラスチックの小さなムシかごを持って来た。

「はいよ。きれいだろ。昔《むかし》はこの羽《はね》をひっぱいで、たんすに入れとくと、着物《きもの》が増えるって言ったんだとさ」

なるほど、おじいちゃんが「とても、この世のものとは思えない」と言ったけど、不思議《ふしぎ》な色のムシだった。光った緑色《みどりいろ》ともちがうし、紫色《むらさきいろ》でもなし、前にテレビで、こんな色と形の服を着てダンスをしているのを見たことがあった。

「ダンスのときの服みたい」

「フロックコートだろうが」

「そういうのか」

ミカリはもう、ファミコンに夢中《むちゅう》だった。

「あのな、見せてもらいたいものがあるんだけどな」

「なんだ」

「手首のとれた御本尊《ごほんぞん》さま」

「ああ。ママが言ってたやつだな。手首はついてる。ヤクザの御本尊《ごほんぞん》さまだろ」

「え？」

「ヘマしたヤクザ屋さんは、小指をチョン切るんだって……。来いよ」

ミカリはおれを本堂《ほんどう》へ連《つ》れてってくれた。うす暗《ぐら》い本堂《ほんどう》の奥《おく》に、キンピカの仏《ほとけ》さまの像《ぞう》があった。仏《ほとけ》さまはやさしい顔をして、玉を持った左手は胸《むね》のあたりに上げ、右手はひじのところから前へさし出していた。その手首のところには、はりつけたらしい、黒いすじがついていた。

「ほら、小指がチョン切れてるだろ」

ミカリが指さして見せた。

「ほかに、なんか見たいもんは?」

「ない。これだけだよ」

本堂《ほんどう》から山門《さんもん》の方を見ると、ちょうど、おばあちゃんとミカリのママが帰って来た。

9　長恵寺《ちょうけいじ》へは空を飛んで

おれは、あとで、おばあちゃんに、長恵寺《ちょうけいじ》へ遊びに行ったことは、おじいちゃんに言わないほうがいいと言われた。

「どうして？」

「どうしてか、わからないけど、いやがるんだよ。自分ちのお寺なのにね。それも、つい最近《さいきん》になって言い出したんだよ」

「ふーん」

「あたしはそれまで、長恵寺《ちょうけいじ》さんで、若い人にお花やお茶を教えていたんだけど、そんなわけで、今は休んじゃってるんだよ」

もちろん、おれはおばあちゃんに言われたとおり、長恵寺《ちょうけいじ》へ行ったことは、おじいちゃんにだまってた。

それなのに、二、三日して、小林ミカリからの電話に、おじいちゃんが出ちゃったんだ。ミカリの電話は、またファミコンをやりにこいというさそいだった。

「いいかな、ミカリさん。いくら夏休みだからといって、年中《ねんじゅう》あんなものでピコピコ遊んでおったら、将来《しょうらい》ろくなことになりませんぞ。ユウタは勉強がありますので行かせません」

勝手《かって》に、おじいちゃんが断《ことわ》ってしまった。

受話器《じゅわき》を置いたおじいちゃんは、興奮《こうふん》して、おれにまで文句《もんく》を言った。

「だいたい、女の子からさそいをかけてくるなんて、慎《つつし》みがない」

「…………？」

「それと、あの口のきき方はなんじゃ。まるで男みたいじゃないか」

「………」

「いいか、ユウタ。間違《まちが》っても、あんな子を好きになるんじゃないぞ」

「……………！」

「だいたい、わしに隠《かく》れて、こっそり長恵寺《ちょうけいじ》へ行くなんて、けしからん！」

「そんな……、隠《かく》れて行ったわけじゃないよ。たまたま、外で会って、ぼくがあの子についていって行っただけなんだから……」

「わしに隠《かく》しておったろう！」

「おばあちゃんが、おじいちゃんに長恵寺《ちょうけいじ》さんのことを言うといやがるから、言うなって言われたんだよ。どうして長恵寺《ちょうけいじ》がいやなの？」

「ウッ……」

おじいちゃんは目をむきだして、大きく息を吸いこむと、屋敷中《やしきじゅう》ふるえるような大声で怒鳴《どな》った。

「そんなことは、おまえとはなんの関係もないだろう！」

おれは、おじいちゃんが怒鳴《どな》るのがわかっていたから、たいして驚《おどろ》かなかった。

「そうか、関係ないのか。そんな関係ないことで怒鳴《どな》られるのはイヤだから、もう家へ帰ろうかな？」

おじいちゃんは、ぎょっとなって、おれを見た。

今の今まで、おっかない顔をして、ガンガン怒鳴《どな》っていたおじいちゃんが、急にしょぼんとした。

「すまん。怒鳴《どな》って悪かった」

「長恵寺《ちょうけいじ》で、なんか、具合《ぐあい》の悪いことをした？」

おじいちゃんは、上目使《うわめづか》いにおれを見た。それから、首をふった。

「だったら、言ってよ。自分が隠《かく》しごとしていて、ぼくたちのことを隠《かく》すなって怒鳴《どな》るなんて、勝手《かって》だよ。ぼく、そういうおじいちゃんは好きになれない」

「…………」

「ぼく、ついこのあいだまで、おじいちゃんはおっかない人で、好きじゃなかった。でも、ほんとうは、やさしくて、おもしろい人だと思って、好きになってきたのに……」

「わしだって、おまえのことは好きだ。だから…………」

「だから、どうなの？」

「長恵寺《ちょうけいじ》へは行ってほしくないんじゃ。こんなことを言ったら、おまえは笑うかもしれないが、中村多吉《なかむらたきち》が長恵寺《ちょうけいじ》で待《ま》っていて、おまえに悪さするような気がするんだ」

「…………？　おじいちゃん、ほんとうは三島屋《みしまや》の多吉《たきち》さんに、なにかしたんじゃないの？　イジメとか……」

「いや、した覚《おぼ》えはない。断《だん》じて、そのようなことはない！」

「また、怒鳴《どな》る」

「すまん」

「なんか、おじいちゃんは隠《かく》してるよ。今度また、息を止めて、長恵寺《ちょうけいじ》へ行ってみようよ」

「なんじゃ、それは？　……息を止めるだと？　そりゃ、死ねば息は止まるし、骨になったら長恵寺《ちょうけいじ》の墓《はか》に入らにゃなるまいが……」

「そうじゃなくて……しょうがないなぁ。いつかの夢の話。まあいいや。そのうちにちゃんと、話すから」

おれはなんとかごまかした。おじいちゃんも、具合《ぐあい》が悪かったのか、それ以上聞かなかった。

☆

次の日、朝早く、おれがトイレから出てくると、おじいちゃんが、にこにこしながら、おれの部屋の前に立っていた。

「どうしたの？　おじいちゃん」

おじいちゃんは、いつかみたいに口に右手の人さし指をあてて、小さい声で言った。

「いっしょに来てくれるかな？」

「いいよ。いつかの丘《おか》のところ？」

「いや、長恵寺《ちょうけいじ》へ行く」

「でも、あとで、そんな覚《おぼ》えはない、わしゃ知らん……なんて言わない？」

「言わんつもりだが、忘れるかもしれない。……それじゃだめかな？」

「まぁいいかぁ」

「そうか。じゃあ、このあいだみたいにして行ってみようか。それから、だれとも口をきくなよ」

「どうして口をきいちゃいけないの？」

「うっかり口をきくと、そいつがあとについて来てしまうかもしれないんだ」

「わかった。そうだ、今日は空を飛んで行こうよ」

「それも、よかろう」

「それじゃ、着替《きが》える」

「そのままでいい」

「えっ？ 今すぐ行くの？」

「うん、あいつが呼《よ》んでるんだ」

「三島屋《みしまや》の多吉《たきち》？」

「うん」

おじいちゃんは、おれの部屋から、そっと縁側《えんがわ》の雨戸《あまど》を開けた。あたりはようやく明るくなりはじめたばかりだった。

「目をつぶれ」

おじいちゃんは、おれの左手をつかんで、そう言った。おれがおじいちゃんの右手を握《にぎ》りかえすと、低い声で言った。

「息を止めろ」

おれは大きく息を吸ってから、止めた。

☆

「いいぞ」

今度も長かった。目を開けると、おれたちは空を飛んでいた。おれは、はあはあしながら、おじいちゃんのほうを見た。

おれはぎょっとなった。おれの左手をつかんでるのは、おじいちゃんだとばかり思っていたら、おれと同じ年くらいの男の子だった——そう！　小学校三年生の大井賢司郎《おおいけんしろう》だった。

その賢司郎《けんしろう》が言った。

「あれが長恵寺《ちょうけいじ》だ。やっぱり、シラクモの多吉《たきち》が待《ま》ってる」

おじいちゃんが、どこで子どもになったのか、わからなかったけど、おじいちゃんは、自分が子どもになっていることに、気がついていないみたいだった。

多吉《たきち》は長恵寺《ちょうけいじ》の本堂《ほんどう》の前の石畳《いしだたみ》のところに立っていた。おれたちは、そのすぐうしろに降りた。

ふりむいた多吉《たきち》は、へこへこしながら賢司郎《けんしろう》に言った。

「シローさま。タマムシを見つけたから、知らせようとお待《ま》ちもうした」

この前のとき、多吉《たきち》はおれのことを「シローさま」と呼《よ》んだ。でも、今度は、おれの姿が見えないみたいだった。

「こっちでございます」

多吉《たきち》は、本堂《ほんどう》へ上がると、ふりむいて手招《てまね》きした。お寺の中はしーんとしていた。おれたちは多吉《たきち》のあとについて、うす暗い本堂《ほんどう》へ入り、足音をしのばせて、御《ご》本尊《ほんぞん》さまのところへ行った。

「阿弥陀如来《あみだにょらい》さまの右手のところ……」

多吉《たきち》が小声で言った。確《たし》かに、仏《ほとけ》さまの右手のちょっと上あたりに、タマムシがとまっていた。そして、かすかに羽《はね》を動かしていた。おじいちゃんの言ったとおり、この世のものとは思えないほど不思議《ふしぎ》で、美しい色の羽《はね》が光っていた。

そのとき、おれは足の先で、なにか小さいものをふんだ。拾いあげて見ると、短くなった鉛筆《えんぴつ》みたいだった。

そのあいだに多吉《たきち》がおじいちゃん……いや、賢司郎《けんしろう》に棒《ぼう》を渡《わた》し、それでたたき落とせというように、ジェスチャーした。

おれは「やめときな」と言おうと思ったけど、間に合わなかった。賢司郎《けんしろう》は確《たし》かにタマムシをたたき落としたけど、同時に仏《ほとけ》さまの右の手首まで、たたき落としてしまったのだ。
ガターンという音といっしょに、なにか細い竹竿《たけざお》みたいな物もたおれてきた。
おれたちは夢中《むちゅう》で、あとも見ずに本堂《ほんどう》から飛び出した。

10　やったのは三島屋多吉《みしまやたきち》

「こらーっ！　待《ま》てーっ！」

足もすくむような大声がした。おれたち三人は夢中《むちゅう》で逃《に》げた。

気がつくと、いつかの丘《おか》の雑木林《ぞうきばやし》の中だった。多吉《たきち》がぜいぜいしながら言った。

「シローさま、とんだことになりましたね。シローさまの仕業《しわざ》だとわかったら、どうなりましょう？」

「…………」

「長恵寺《ちょうけいじ》の和尚《おしょう》さんが、ご隠居《いんきょ》さまのところにねじこんで来ますね。ご隠居《いんきょ》さまも怒《おこ》って、シローさまの手足をしばって、土蔵《どぞう》に閉じこめるかもしれませんね」

「うん………」

「もしかすると、木刀《ぼくとう》で、お尻《しり》が真《ま》っ赤《か》になるほど打たれますね。それとも、手をしばられて、オキュウでしょうか？」

「うん………」

「ご飯ももらえませんね。学校へも行かせてもらえませんね。学校でも、みんなの前で先生にむちで打たれますね」

「うん………」

「もしかすると、しばられて、一晩中《ひとばんじゅう》、長恵寺《ちょうけいじ》の本堂《ほんどう》においておかれるかもしれませんね」

賢司郎《けんしろう》の顔がだんだん青くなった。目も大きくなって、涙《なみだ》があふれてきた。

「でも、シローさま、この多吉《たきち》がだまっていたら、そんなことはだれも知りません。多吉《たきち》はシローさまの家来《けらい》ですから、シローさまがやったなどとは、もうしません」

そう言うと多吉《たきち》は、にやーっと笑った。

「たぶん、多吉《たきち》は、お寺の者に、うしろ姿を見られていますから、つかまりますでしょう。でも、ぶたれてもふまれても、シローさまのことは絶対《ぜったい》にもうしません。けれども、痛《いた》い目にあうのでございますから、ただではいやでございます」

「…………？」

「人のうわさも七十五日と言いますから、あさってから、七十五日のあいだ、口《くち》止《ど》め料《りょう》をちょうだいします」

「あさってから？」

「へえ、多吉《たきち》はこれから、店の手伝いで番頭《ばんとう》と東京へ行き、明日の夜戻《もど》ります。明日から二学期ですが、明日は学校を休みます。ですから、あさってから口《くち》止《ど》め料《りょう》をちょうだいします」

「それで、口止《くちど》め料《りょう》はいくらだ？」

「へえ、はじめ一銭《いっせん》、二日目は倍の二銭《にせん》。三日目は倍の四銭《よんせん》、どうせ七十五日ですから、シローさまにとっては、どうということもないでしょう。わかりましたか？」

「うん」

「それじゃシローさま、お達者《たっしゃ》で。ヒヒヒヒ……」

多吉《たきち》はうす気味《きみ》悪く笑いながら、この前のように、頭から、草むらへ飛びこむようにして、姿を消した。

「おれ、どうしよう……」

あとに残された賢司郎《けんしろう》は、ぼろぼろと大粒《おおつぶ》の涙《なみだ》を落とした。

「おじいちゃん、帰ろう！」

おれは思わずそう言って、賢司郎《けんしろう》の右手をつかんだ。

そのおれをはねのけるようにして、賢司郎《けんしろう》の前に立った者がいた。白い着物《きもの》を着たダルマさんのような、ひげづらの和尚《おしょう》さんと、野良着《のらぎ》を着て、背中に箱をしょった、ごっついオヤジだった。

「大井の若さま、さきほど、お寺の本堂《ほんどう》で、子どもが暴《あば》れておったようですが、ごぞんじありませんか？」

和尚《おしょう》さんがていねいにたずねた。

「し、し、し、知らない、知りません」

「寺男《てらおとこ》の作《さく》べえが、三島屋《みしまや》の三男坊《さんなんぼう》だったような気がするというのですが……」

和尚《おしょう》さんは、野良着《のらぎ》のオヤジを見ながら言った。

「そうですよ、若さま。あれは多吉《たきち》でやんすよ。いつも若さまのお供《とも》をしているやつでやんすよ。今日にかぎって、若さまはいっしょじゃなかったのでやんすかな？」

「い、い、い、いっしょじゃない。で、で、でも、多吉《たきち》が長恵寺《ちょうけいじ》へ行くのは見たよ」

「はぁ、和尚《おしょう》さま、それで決まりでやんすな。下手人《げしゅにん》は、やはり多吉《たきち》と……」

「明日になったら、かけあいに行きましょう。それから、ご隠居《いんきょ》さまに奥崎《おくざき》の勘《かん》助《すけ》どのが亡くなったとお伝えください」

和尚《おしょう》さんは、そう言うとお供《とも》に作《さく》べえを連《つ》れて、坂道をおりて行った。

そのときになって、賢司郎《けんしろう》のおじいちゃんは、やっとおれに気がついた。

「ユウタ。おそまつな話だ。帰ろう」

と言って、おれの左手をつかんだ。おれはその手を握《にぎ》りかえした。

☆

「目をつぶれ、息を止めろ！」

「いいぞ！」

確《たし》かにおじいちゃんの声がした。でも、目を開けたら、おじいちゃんはいなかった。

そのとき、廊下《ろうか》からおばあちゃんがのぞいた。

「おや、いたのかい？　ちょっと前、のぞいたらいなかったけど、散歩《さんぽ》にでも行ったのかい？」

「へへへ、こっそりジョギング」

おれは、うまくごまかした。

おれは着替《きが》えをして、ふとんをたたもうとした。白いシーツの上に、変《へん》な物が転《ころ》がっていた。太さは鉛筆《えんぴつ》ぐらいで、長さは鉛筆《えんぴつ》の半分ほどもない。表面はきんぴかだったけど、根元の方はぎざぎざで木が折れた感じだった。

「なんだ、こりゃ？　あ、そうだ。長恵寺《ちょうけいじ》の本堂《ほんどう》で拾ったんだっけ。えっ？　持って来ちゃったけど、いいのかなぁ？」

よく見ると、細くなった先のほうがつめの形にきざまれてた。

「あれ？　これ御本尊《ごほんぞん》さまの小指じゃないのかな。おかしいぞ！　……ということは、賢司郎《けんしろう》クンが棒《ぼう》で御本尊《ごほんぞん》さまの右手首を落とす前から、これが落ちていたということじゃないか」

おれは、急いで、おじいちゃんのところへ飛んで行った。おじいちゃんは、ひどくさえない顔をして、縁側《えんがわ》で庭を見ていた。

「おじいちゃん！　さっき、長恵寺《ちょうけいじ》へ行ったことを、おぼえている？」

「ユウタ、悪いけど、わしは今、あまり気分がよくないんだ。ちょっと変《へん》なことを思い出してしまってなぁ」

「もしかして、それ、三島屋《みしまや》のシラクモの中村多吉《なかむらたきち》のことじゃない？」

おじいちゃんは、うす気味《きみ》悪そうに、おれの顔を見た。

「変《へん》に思わないで、ちゃんとおしまいまで聞いてよ。ぼくとおじいちゃんは、

さっき、空を飛んで長恵寺《ちょうけいじ》へ行ったんだよ。多吉《たきち》がいて、タマムシを見つけたと言って、ぼくたちを本堂《ほんどう》の奥《おく》へ連《つ》れてった。タマムシは御本尊《ごほんぞん》さまの右手首の上のほうにとまっていた。そうしたら『これで、たたき落とせ』って、多吉《たきち》がシローさまに棒《ぼう》を渡《わた》したんだ。それで、シローさまはタマムシをたたいたんだけど、御《ご》本尊《ほんぞん》さまの手首まで落としちゃったんだよね」

「ヒューッ！」

おじいちゃんの鼻息《はないき》だった。

「それで、シローさまと多吉《たきち》は逃《に》げた。丘《おか》のところで、多吉《たきち》は、このことは、だれにも言わないかわりに、口止《くちど》め料《りょう》を払《はら》えって言ったんだよね」

「ヒューッ！」

「初めは一銭《いっせん》で、次の日が二倍の二銭《にせん》、次も二倍の四銭《よんせん》……というように、人のうわさも七十五日間払《はら》えとかって……」

「ああ、そうとも。それで計算してみたら、三十日目で、なんと五百三十六万八千七百九円十二銭も払《はら》うことになる。その翌日は千七十三万七千四百十八円だぞ」

「それで、大井賢司郎《おおいけんしろう》クンは、あれは多吉《たきち》がやったんだと、多吉《たきち》に罪《つみ》を着せちゃったんだよね」

「そういうことだ。情《なさ》けないな。どうして、あのとき、なにもかも白状《はくじょう》してしまわなかったのか、不思議《ふしぎ》だ。今思うとわしは、気の小さい、おくびょうで、ひきょうな子どもだったんだな。それも長いこと忘れていた。それが、『わしはユウタくらいのときに、どんなことをしてたかな』と思ったら、急に気になってな……。だけど、ユウタはどうして、そんなことを知っているんだ？」

「ぼくは、それを見てただけだよ」

「見てた？」

おじいちゃんは、ひどく心配そうにおれを見た。

「お願い。おばあちゃんに言わないで。ぼくは、うそをついているんじゃないよ。その証拠《しょうこ》に、そのとき拾って、うっかり持って来たのが、これなんだよ」

おれは、折れた御本尊《ごほんぞん》さまの小指を出して、おじいちゃんに見せた。

「なんだ、それは？」

「だから、長恵寺《ちょうけいじ》の御本尊《ごほんぞん》さまの小指だってば」

「なに？　御本尊《ごほんぞん》さまの手首は修理《しゅうり》して、つなげたけど、小指は見つからなくて、今もないはずだぞ！」

「あれーっ。もしかすると、ぼくが持ってきちゃったからかな？」

「ユウタ、おまえ、ほんとうにだいじょうぶなのか？」

おじいちゃんは、おれの顔と、おれが持っている御本尊《ごほんぞん》さまの小指を見くらべながら、大きなため息をついた。

11　鍵は御本尊《ごほんぞん》さまの小指

「とにかく、わしは、御本尊《ごほんぞん》さまの手首をこわしたのは多吉《たきち》だと、うそをついた。ところが、次の日が、あの関東大震災《かんとうだいしんさい》だ。ここいらあたりでも、小さな商店や民家《みんか》がつぶれた。それで、東京へ行った多吉《たきち》は帰ってこない。そのとき、わしは『多吉《たきち》のやつなんか、地震《じしん》にあって、あの大きな頭が割れて死んじまえばいい』と思った。多吉《たきち》さえいなければ、本当のことは、だれにもわからないと思ったんだ」

おじいちゃんは、小さく首をふって、自分でうなずきながら話した。

「……そのために、長恵寺《ちょうけいじ》の御本尊《ごほんぞん》さまの手首を落としたのは三島屋《みしまや》の多吉《たきち》で、多吉《たきち》は罰《ばち》が当たって、大震災《だいしんさい》で死に、三島屋《みしまや》もつぶれてしまったという話になった。……………本当に大井賢司郎《おおいけんしろう》って、いやなクソガキだった。かわいそうな多吉《たきち》を犯人《はんにん》に仕立《した》ててしまったんだから……。今さら多吉《たきち》に謝《あやま》りようもない」

そう言うと、おじいちゃんは、手の甲《こう》でそっと目をぬぐった。

「でもねぇ、おじいちゃん。もしかすると犯人《はんにん》は、おじいちゃんじゃなかったかもしれないよ」

「…………?」

おじいちゃんは、不思議《ふしぎ》そうにおれを見た。

「だって、ぼくが、この小指を拾ったのは、賢司郎《けんしろう》クンが棒《ぼう》でタマムシをひっぱたく前なんだよ。本堂《ほんどう》の奥《おく》は、うす暗くてわからなかったけど、もしかすると、その前にもう、御本尊《ごほんぞん》さまの手首はこわされていたのかもしれないんだよ」

「それじゃあ…………」

「そうだよ。おじいちゃんは、真犯人《しんはんにん》じゃないのかもしれないんだよ」

「ヒューッ！」

「だから、もう一ぺん、長恵寺《ちょうけいじ》へ行って、確《たし》かめてみない？」

「今さら、長恵寺《ちょうけいじ》へ行って、どうなるというもんじゃないだろう。それとも、あのミカリだか、イカリだかの女の子に謝《あやま》るのかな」

「そうじゃないよ！　今の長恵寺《ちょうけいじ》へ行ったって、しょうがないんだよ。その関東大《かんとうだい》震災《しんさい》の前の日の長恵寺《ちょうけいじ》へ行くんだよ」

おじいちゃんは、今にも泣きだしそうな顔をして言った。

「ユウタ。どうして、そんなことができるんだ？　人生というものは、若いうちなら、やり直しもできるけど、わしのように年をとってしまうと、もうやり直しがきかないんだよ」

「そうだよ。やり直しするんじゃなくて、確《たし》かめるだけなんだよ」

「ああ、できるものなら、わしもそうしたいよ」

「だから、おじいちゃんならできるの。ぼくの左手をしっかり握《にぎ》って、『目をつぶれ、息を止めろ！』って。それで『いいぞ』って言うんだよ。目を開けると、ぼくたちはもう長恵寺《ちょうけいじ》についているんだ。そうだ、さっきは空を飛んで行ったんじゃないの」

おじいちゃんは、ますます目を丸くして、おれを見た。

――こりゃ、だめだ！　いつものおじいちゃんに戻《もど》っちゃった――

そう思ったおれは、あわてて言った。

「ごめん。おじいちゃん、今のは、けさ見た夢の話だったよ。気にしないで」

「いやー。それを聞いて安心した。わしの大事《だいじ》なユウタの頭がおかしくなったのかと思って、心配したぞ」

そのとき、おばあちゃんが、朝ご飯の支度《したく》ができたと呼《よ》びに来た。

いつも元気で、ご飯をもりもり食べるおじいちゃんが、ご飯を半分くらいでやめてしまった。

「ユウタ、朝の勉強をしような」

「うん」

おれは、いつものように、教科書とノートを持って書院《しょいん》へ行った。いつものように、おじいちゃんが算数の問題を出して、おれが答えを書く。

おじいちゃんは、おれがカンペンの中にしまっておいた御本尊《ごほんぞん》さまの小指をとり出して、しきりにながめていた。

「おじいちゃん。できたよ」

「うん。思い出したぞ！」

「どうしたの？」

「あのとき、わしは長恵寺《ちょうけいじ》へ使いに行ったんだ。たしか、ジイさまが奥崎勘助《おくざきかんすけ》とかの通夜《つや》には行けないが、葬式《そうしき》には顔を出すからと和尚《おしょう》さまに伝言《でんごん》しろと……。

それで長恵寺《ちょうけいじ》へ行ったら、たまたま多吉《たきち》がいたんだ」

「おじいちゃん！ 思い出した？」

おじいちゃんは、にこっと笑うと、口に右手の人さし指をあてて見せた。

「行く？」

「もちろんだ！」

おじいちゃんは、腕相撲《うでずもう》でもするみたいに、テーブルにひじをついて、おれの右手を握《にぎ》った。

「目をつぶれ。息を止めろ！……ハンドマ、ジンバラ、ハラハリタヤ、ウン、アビラウンケンソワカ……」

めずらしく、おじいちゃんがおまじないを唱《とな》えるのが聞こえた。それも耳がジンジンしてきて、聞こえなくなった。

「いいぞ！」

おじいちゃんのかすれたような声がした。
目を開けると、おれとおじいちゃんは、長恵寺《ちょうけいじ》の本堂《ほんどう》の御本尊《ごほんぞん》さまの前にいた。
御本尊《ごほんぞん》さまの右手はちゃんとついていた。小指もついていた。
「変《へん》だよ。小指がついてる。おじいちゃん、カンペンの小指を持って来たよね？」
おじいちゃんは、おれの鼻さきで左手を開いた。でもなにもなかった。
「あれ？　確《たし》かに、わしは持って来たはずなんだが……」
そのとき、入り口のほうからブーンというような、低い羽《はね》の音が聞こえてきた。
と、それを追いかけて、棒《ぼう》を持った多吉《たきち》が本堂《ほんどう》へ入ってきた。
おじいちゃんが、おれをひっぱって、祭壇《さいだん》のかげに連《つ》れて行った。
羽《はね》の音はタマムシで、タマムシはおれたちの前の御本尊《ごほんぞん》さまの右腕《みぎうで》にとまった。
多吉《たきち》は伸《の》び上がって、タマムシをつかもうとした。でも、ちょっと届かなかった。
そこで多吉《たきち》は、左手の棒《ぼう》の先でタマムシを押《お》さえ、右手で御本尊《ごほんぞん》さまの右手につかまって、ヨイショッと壇《だん》の上へあがろうとして、ドスンとうしろへ落ちた。御本尊《ごほんぞん》さまの右手がもげたのだ。

御本尊《ごほんぞん》さまの右手首はおれたちの隠《かく》れている祭壇《さいだん》のすぐ横にまで転《ころ》げてきた。

多吉《たきち》はおおあわてで、それを拾うと、元どおり御本尊《ごほんぞん》さまの腕《うで》につけようとした。元のようにつくが手を離《はな》すととれてしまう。

多吉《たきち》はあちこち見回していたが、本堂《ほんどう》につながっている大広間《おおひろま》のすみにあった、細い竹の棒《ぼう》を持ってくると、それをつっかえ棒《ぼう》にした。

右手首の小指はおれたちの目の前に転《ころ》げていた。おじいちゃんはすばやく拾った。タマムシは、はずみで、つぶされたのだろう。御本尊《ごほんぞん》さまの右手首の上でもがいていた。

多吉《たきち》は急いで、本堂《ほんどう》から飛び出した。と思ったら、外で、かん高い声で言うのが聞こえた。

「シローさま、タマムシを見つけたから、知らせようとお待《ま》ちもうした」

「ね、おじいちゃん。おじいちゃんは真犯人《しんはんにん》じゃなかったんだよ」

おじいちゃんは、かんかんになって、青い顔をして、ふるえていた。

「あのガキ、どうするか、見ておれよ」

「だめだよ、おじいちゃん。もう帰ろうよ。おじいちゃんだって言ったじゃないか。やり直しはきかないんだって！　ほんとうのことがわかったんだから、もういいことにしよう」

「でも、これじゃあ、あんまりだ。大井賢司郎《おおいけんしろう》がかわいそうだ！」

「そうは言っても、おじいちゃん。大井賢司郎《おおいけんしろう》クンは本当のことを言ったんだよ。やったのは、大井賢司郎《おおいけんしろう》じゃなくて三島屋《みしまや》の多吉《たきち》だって。それで、帳消《ちょうけ》しにしようよ」

おじいちゃんは、不服《ふふく》そうだったが、あきらめたみたいだった。おれはおじいちゃんの右手を握《にぎ》った。おじいちゃんも握《にぎ》りかえした。

「目をつぶれ、息を止めろ！」

☆

おれたちは、書院《しょいん》へ戻《もど》って来た。おじいちゃんはまだ、目をつぶったまま、なんとなくにやにやしていた。

「おじいちゃん。だいじょうぶ？」

「ああ」

「真犯人《しんはんにん》がわかって、よかったね」

目を開けたおじいちゃんは、また変《へん》な顔をした。

「おじいちゃん。とぼけないでよ」

「トボケル？」

そう言って、おじいちゃんは、おれの顔をじろじろ見たが、ふと気がついたみたいに、左手の握《にぎ》りこぶしをテーブルの上に乗せて、ゆっくりと開いた。

「あれーっ！　また持ってきちゃったの？　しょうがないなあ」

おじいちゃんの左手のひらに、あの小指が乗っていた。おじいちゃんは、右手で小指をつまみあげると、おれを見て言った。

「わしが、大ボケこいて、持ってきてしまったんだな」

そのとき、おばあちゃんが来て、おれを呼《よ》んだ。廊下《ろうか》へ出るとおばあちゃんが、そっと言った。

「長恵寺《ちょうけいじ》さんのお嬢《じょう》さんが来たんだよ」

「小林ミカリが？」

「そうなの。どうしようかね？」

「どうしようも、くそもないだろう。あがってもらえ」

いつの間《ま》にか、おじいちゃんがうしろに立っていた。そればかりじゃない。おじいちゃんは、さっさと玄関《げんかん》へ出て行った。

土間《どま》に、赤いキュロット・スカートに、ピンクのブラウスを着て、かみをポニーテールにしたミカリが立っていた。

「長恵寺《ちょうけいじ》のカミナリさんだな?」

「いいえ。ミカリです。小林ミカリです」

「や、これは失礼《しつれい》! ミカリさんとカミナリさんじゃ大違《おおちが》いだな。第一、こんなべっぴんのカミナリさんはいない」

そう言うと、おじいちゃんは大声で笑った。

「あの、ベッピンてなんですか?」

「ベッピンというのはな、ものすごい美人のことだよ」

「ふーん。あの――おじいちゃんは、このあいだ、電話でわたしのことを怒鳴《どな》ったおじいちゃんですか?」

ミカリが聞いた。

「いや、ごめんごめん。あのときは、つい気が立っておってな。悪いことをしたと思ってるよ」

「あたしも、ママに乱暴《らんぼう》な口をきくからだと、叱《しか》られました」

「それでは、おたがいさまということで、帳消《ちょうけ》しにしてもらおうかな。ハハハ……」

「おじいちゃん。いいかげんにしてくださいよ。ミカリさんは、ユウタのところへ遊びにみえたんですよ。さあさあどうぞ」

「おじゃましまーす！」

ミカリはにっこりして、玄関《げんかん》へあがろうとして、敷居《しきい》のところでつまずいて、ばたっとこけた。

「ほらほら、気をつけてくださいよ」

夢

おじいちゃんが、そんなミカリをだき起こした。

おばあちゃんが白玉《しらたま》だんごを作ってくれて、おれたちは学校のことだとか、テレビのアニメの話だとか、はやりのファミコンの話などした。

その夜、晩ご飯を食べていたら、長恵寺《ちょうけいじ》の奥《おく》さん――ミカリのママから、電話がきた。電話をうけたおばあちゃんがあとで言った。

「おじいちゃん、不思議《ふしぎ》なことがあるもんですよ。今日ミカリちゃんのブラウスを洗濯《せんたく》しようとしたら、ブラウスのポケットから、なんと御本尊《ごほんぞん》さまの小指が出てきたんですって。それで、近く法要《ほうよう》をして、小指をつけるんですって、そのときはご案内《あんない》もうし上げますから、おじいちゃんやユウタやわたしにも来てほしいということですよ」

「ああ、いいでしょう!」

おじいちゃんは、えらくごきげんで、そう言うと、おれのほうを見て、いたずらっ子のように片目《かため》をつぶって見せた。

「いつやったの？」

おれが聞くと、

「へへへ、テジナもいいもんだ」

と言った。

でも、おれには、すぐわかった。

ミカリが玄関《げんかん》のあがりがまちでこけたとき、おじいちゃんがとっさにミカリをだき起こした。

おれが、あとで、おじいちゃんに聞くと、

「ポケットに入れたのは、あのときだけどな。あのすばしっこい女の子が、あんなとこでわけもなくこけるかな？　ひひひ……」

と満足そうに笑った。

☆

おれたちは、みんなで長恵寺《ちょうけいじ》へ行って、御本尊《ごほんぞん》さまの小指をつける式に出た。そのあと、みんなで、ごちそうを食べた。

おじいちゃんがたおれたのは、その夜のことだった。救急車《きゅうきゅうしゃ》で病院へ運ばれたが、病室でおれの手をぎっちり握《にぎ》って言った。

「ユウタ。おまえともう一度、空を飛びたかったなぁ。でも、この話は、わしとおまえのあいだだけだぞ。それで、おまえが今のわしのようなジジイになったら、孫《まご》に話してやれ。いいな」

それから、電話でかけつけた、おれのママにも言ったそうだ。「あんな、考え深い、いい子を生んでくれて、ありがとう」って。

おじいちゃんのお葬式《そうしき》は、もちろん長恵寺《ちょうけいじ》でやった。ものすごくおおぜいの人が来た。ミカリも泣いてくれた。

そのお葬式《そうしき》の最中《さいちゅう》に、だれかが、おれの頭をチョンとつついた。見上げると、うす暗い本堂《ほんどう》の天井《てんじょう》を、おじいちゃんがコウモリみたいに飛んでいて、おれにこっそりVサインを送ると、すーっと消えてしまった。

――終わり――

作者／山中 恒（やまなか ひさし）
1931年北海道小樽市生まれ。児童読み物作家・文芸評論家。『赤毛のポチ』で日本児童文学者協会新人賞を受賞し、本格的な執筆活動に入る。『とべたら本こ』『あばれはっちゃく』『ぼくがぼくであること』（岩波書店）、『おれがあいつであいつがおれで』（童話館出版）など、子どものための作品多数。戦時下教育の実態をえぐりだした『ボクラ少国民』（辺境社）シリーズなどもある。

画家／そが まい
岐阜県に生まれる。三重大学教育学部美術科卒業。美術の高校教員を経て、絵本、イラストレーション、さし絵などの創作活動に入る。おもな絵本に、『パンタのパンの木』『オオカミのクリスマス』（ともに小峰書店）、『ワニニンのとくべつな一日』（理論社）、挿絵に、『おれがあいつであいつがおれで』『サムライでござる』（ともに童話館出版）、『風になった忍者』（あかね書房）、『かえだま』（朝日学生新聞社）などがある。

子どもの文学●青い海シリーズ・29

とんでろじいちゃん

2017年3月20日　第1刷発行

作／山中 恒
絵／そが まい

発行者 川端　翔
発行所 童話館出版
長崎市中町5番21号（〒850-0055）
電話095(828)0654　FAX095(828)0686
http://www.douwakan.co.jp

144P 21.5×15.5cm　NDC913
ISBN978-4-88750-155-3

印刷・製本 大村印刷株式会社

※この作品は旺文社より1993年に初版刊行されたものを、イラストを変えて出版したものです。